그때 들키고 말 걸 그랬어

이 찬 우

두 번 째

詩 集

그때 들키고 말 걸 그랬어

초판 1쇄 발행 2019년 9월 15일

지 은 이 이찬우
발 행 인 권선복
편　　집 오동희
디 자 인 서보미
전 자 책 서보미
발 행 처 도서출판 행복에너지
출판등록 제315-2011-000035호
주　　소 (07679) 서울특별시 강서구 화곡로 232
전　　화 0505-613-6133
팩　　스 0303-0799-1560
홈페이지 www.happybook.or.kr
이 메 일 ksbdata@daum.net

값 15,000원
ISBN 979-11-5602-743-0 (03810)

그때 들키고 말 걸 그랬어

이 찬 우
두 번 째
詩 集

도서출판 행복에너지

序文

귀를 쫑긋 기울이며 나를 기다리는 사람이 있다.

어떨 때는 내게 바짝 무릎을 붙이고 이야기를 해달라고 채근하기도 했다. 손 우물에 맑은 물 멀리서 가져왔다고 이야기 나무에 물을 뿌리겠다고 소란도 피웠다.

무릎쓰는 일이 필요 없는 대부분을 정적으로 쓰이는 몸과 칡넝쿨처럼 눈앞의 끄나풀이라도 잡아야 살아지는 몸을 어떻게 해서든지 무력하게 하지 말라고 그는 자꾸 달려들었다.

무릎을 모아 양손으로 끌어안고 부여잡은 팔꿈치에서 팔등에 댄 이마에서 무엇인가 새어나가고 콧등에서 떨어지는 눈물에서 동그랗게 말은 등에서 빠져나가는 어떤 것이라도 상관없었다.

아프지만 아끼지 말아야 할 나의 조각들과 아껴봤자 쓸데없는 조각들에 대해서.

라빈드라나드 타고르Rabindranath Tagore의 말처럼 "시란 패자가 모두 갖는 게임"이라면 마땅히 나는 시를 쓸 수 있겠다.

감정과 상황이 자나간 뒤에 혼자 남아 찌꺼기를 긁어서

쌓아둔 말장난일 수 있고 뱉지 못한 입속의 메아리이거나 싼 똥을 멀거니 바라보는 눈일 수 있으니 그렇게 말했을 것이다.

조금 때가 탔고 조금 나이도 먹었고 가끔 쌍욕을 하고 싶고 숨기고 싶은 부조리도 있고 일탈을 꿈꾸지만 실패의 영역에서 결핍과 어리석음과 애증을 이야기하려면 숨 한 번 몰아쉬는 내가 말이다.

시에 대한 두려움은 두려움대로 재능이 탄로 날까 봐 걱정은 걱정대로 두고 한 줄 써 내려가면 어딘가 모르게 마음 한구석이 후련해지는 위안을 무엇과도 바꾸기 싫으니까.

피식 웃으며 내 어깨를 툭 치고 사라지기도 하고 다 쓴 잠자리 날개 같은 아쉬움을 남기기도 하는 그 녀석이 듣고 싶은 것에 시간을 온전히 할애해 잘 대접해 보내는 일을 게을리하지 않을 것이다.

차고 넘치게 꿈꾸고 슬퍼하다 울고 춤추다 이별하면서도

나는 사랑하는 일을 포기하지 않을 테니까.

처음 여자애한테 꽃을 건네는 마음을 견지할 것이다.

뚜껑을 열어놓은 향수처럼 휘발되지 말아야 할 나의 무엇을 지키기 위해서 말이다.

시인에게
보내는
편지

이숙미 | 친구

허걱허걱 살아가다 문득문득 배달된 너의 시를 읽다 보면 내 맘에 겹겹이 쌓인 각질 떨어져 나간 그곳이 어느덧 만질만질해진 걸 보고는 흐뭇했음을 고백할께.

화들짝 놀란 것은 너의 그동안의 노고를 눈치채서일까.

갈라진 깊은 우물 속 뚫고 길어 올라오는 신음에 맘 아파 차라리 못 들은 척했는데 어느새 시간이 흘러 두 번째 시집이 나온다니 못 본 척한 내 마음 들킨 것 같아 화들짝 놀랐음을….

친구야, 아니? 못 본 척해도 보고 있었음을…. 너의 두 번째 진통이 세상에 나오게 됨을 아주 많이 축하해~!

정사다 | sns 친구

혼자 남은 공간이 자꾸 커다래져 아무렇지 않은 척 핸드폰만 쳐다본다. 그래도 어차피 잘라먹는 먹먹한 무엇….

그때마다 조촐한 식탁에 둘러앉아 담소하듯 다가온 찬우 씨의 시에게 난 말을 걸었지.

당신도 외롭구나. 당신도 따뜻하고 싶구나. 당신도 강물처럼 흐르는 미소가 필요하구나.

강철 같은 겨울의 쓸쓸한 뒷모습을 당신도 사랑하는구나. 얄팍해진 생의 갈피에 소중히 끼울 또 하나의 시집이 나온다니 좋다. 감성이 메마른 날 하나씩 꺼내어 볼 테다.

권덕근 | 오아시스 아키텍트 이사

바람이 불면 시구가 떠오를 만큼 일상의 소소함과 작은 사물에 대한 관찰…. 그리고 자연을 느끼고 이야기하기까지 시인님의 시구 하나하나 입안에서 되새김질할 수 있을 만큼 언어가 자연스럽고 부드럽습니다. 이렇게도 이야기할 수 있고 노래 부를 수 있겠구나 하는 시인님의 아이디어는 정말 늘 감탄스럽지요.

삶의 온도를 뜨겁게 올려주는 시 한 편 한 편에 지금 현재의 일상이 즐거워진다고 할까요. 흘러가는 바람에 파도가 일렁이듯 시인님의 가슴속 언어가 독자들에게 전달되길….

유호명 | 고교선배

'시的자아'는 시의 정취를 지닌 나, '시的화자'란 시 안에서의 나이다. '시的대상'은 作詩(작시)의 대상 곧 詩에 담긴 주제나 소재 아닐까? 필자는 고교시절부터 이런 표현이 어려워 이해 불가로 내내 처박아 두었다. 이제 보니 적的을 어조사 '의·에서의'로만 치환해도 명료하다. 이 어렵고 어색한 말들은 아무래도 '的'처럼 일본말의 잔재일 것 같다. 시的현재? 그저 詩에서 얘기되는 현재일 뿐이다. 그러나 이는 다만 '시的 문외한'의 지껄임이니, 시인은 필자를 무식하다 비웃어도 좋다.

詩 쓰고파 5~6년 전 시창작 강좌를 두어 달 들었다. 일상에서 얻는 기쁨과 슬픔 같은 느낌을 오로지 술로 맞이하고 또 보내기를 얼마나 했던고. 문득 일렁이는 감성을 더욱 고양하고 싶어졌다. 시로 표현하면 기쁨은 배가되고, 슬프고 아픈 상처는 예쁘게 아물 것 같았다. 그러나 그 배움이 왜 그렇게 어렵던지, 시적자아니 시적현재니 하는 와닿지 않는 말들만 주워듣다 접고 말았다. 역시 始作(시작)은 쉬웠으나 詩作(시작)은 어렵더라, 짧아서 쉬 써질 줄 알다가, 쥐어짜도 안 됨을 깨달았다. 시작 포기하니 시인은 더욱 부럽고 존경스러운 존재가 되었다. 같은 낱말도 시인이 써야만 '시的언어'임을 비로소 알겠더라. 이찬우 시인을 접하고야 시인이 어떤 사람인지 알게 되었다. 시는 경험에서 꺼낸 것도, 글

쓰기로 일군 것도, 생활의 여유에서 나온 것도 아닌 듯하다. 시인의 문드러지도록 농익은 감성의 표출이 詩이다. 미움과 아픔마저 사랑과 기쁨으로 돌린 이가 시인이다. 李시인을 겪자니 문득 스스로가 부끄러워졌다. 따뜻한 마음과 넓은 가슴 없이 詩를 쓰고파 한 나였기에. 시인은 해에서, 달에서, 비에서, 눈에서, 바람에서 그리움을 소환한다. 시인은 기신기신 버스에 올라타 나란히 손잡고 앉은 노부부에서 볕에 바랜 단청처럼 맑고 부신 사랑을 읽는다. 시인이 째깍째깍 태엽 속에 외로움과 슬픔을 감아 넣었어도, 풀려 나오기는 끝내 아름다운 사랑이다. 淸河(청하) 놓고 시인의 일상을 듣고 있노라면, 그 맑은淸 내河 가슴으로 들어 시원하게 씻기운다. 詩 아니어도, 마주앉으면 너나없이 물고 뜯는 세사의 간난신고가 잊혀져 평안을 얻는다. 다시 시집을 엮는단다. 나는 믿는다. SNS로 간간이 접하는 시인의 詩가 그 표현에 있어 점점 세련을 더하지만, 그것이 세속적 삶의 단련이나 기교의 상승이 아님을. 이 돈 되지 않는 詩作 그 출산을 위해 시인도 꾸역꾸역 경제적 방편에 매달릴 수밖에 없지만, 어쩌면 삶이 서러워 끄윽 끅 혼자 울음 삼킬지도 모르나…. 나는 이 시인의 끝끝내 無垢(무구)할 詩心(시심)을 믿는다. 시인의 주변 맴돌면서, 송알송알 영롱한 구슬 같은 시들을 오래도록 읽고 싶다. 이 출간의 기쁨을 시로 표현하지 못해 아쉽다.

김태성 | sns 친구

시인의 작품을 대하다 보면 시인이 느낀 감정과 표현이 가끔은 내가 느끼는 한 부분을 차지하는 경우가 많다.

그런데 어느 가을날 짧은 시가 내게 숙제를 주었다.

이건 무엇일까. 시란 것이 독자가 재탄생시킨다지만, 말장난인가 싶었다.

낙엽에게
말해야 한다
떨어지기 전에는
누구도
위를 모른다고

–〈위로〉 전문

몇 번을 읽어도 참 아이러니했다.

밖에 나가 꽃잎처럼 흩날리는 낙엽을 보고 쪼그려 앉아 주섬주섬 모아서 큼큼 냄새도 맡아보았다.

위로를 해야 하는데 떨어지는 낙엽에게 위를 모른다고….

헉 알겠더라 시인의 위치가 어디에 있었는지를 알겠더라.

슬픈 사람에게 어깨 다독이며 다음에 잘하면 된다는 위로의 말이 아니라 나도 슬프니 우리 같이 실컷 울어나 보자고 먼저 울어주는 것이 최고의 위로라는 걸 알겠더라.

시인은 나뒹구는 낙엽보다 먼저 더 낮게 가난하고 약하고 땅벌레처럼 낮은 곳에 있었구나.

더 높은 곳에 있었는지 모르지만 더 슬프게 울 수 있는 사람이었다는 것을, 그래서 떨어지기 전에는 위를 모른다고 했구나.

내가 낙엽이 되어 위에서 떨어져도 저 시를 보면 되겠구나.

풍경이 변해도 기다리는 사람은 보이는 부분만이 아니라 이면의 모습을 보고 있구나, 그게 시인이구나.

어딘가 뻥 뚫리는 기분에 한동안 나는 홀가분해지는 느낌을 지울 수 없었다.

사회가 복잡하고 바쁘게 돌아가는 요즘, 인간들의 감정이 메말라 가는 것에 안타까운 마음이 있지만 이렇게 이찬우 시인의 아름다운 작품이 우리들의 작은 가슴을 위로하고 어루만져 주어 힘이 된다.

늘 따뜻하고 고운 글을 통해 마음과 마음이 연결되는 우리들이 됐으면 한다.

한상용 | 금감원 퇴직한 초짜농부

이찬우 시인의 글은 난해하지 않아서 좋다. 유혹하기 위해 에둘러 이야기를 전하지 않으니 좋다. 가끔 빵보다 먼저 부푸는 향기 때문에 질펵해지는 밀가루 같은 詩라고나 할까. 그렇게 겸손하지만 기실 시간이 지나면 그 본성을 어쩌지 못해 부풀어 올라 사방에 고소한 삶이 그려지니 시인이 아닐 수 없다. 나는 거기에 건포도와 밤을 넣어 빵을 만들어 먹는다. 詩라는 것이 독자에게서 재탄생이 이루어지는 것이고 보면 나는 버터와 생크림을 곁들여 매우 맛있는 빵을 먹는다. 찬우의 글은 이렇듯 커다란 공감을 자아내게 한다.

바라보니/기다려준다면 곱게 물들이겠다고
자세히 보니/다음엔 더 붉게 타오르겠다고
조금 어설펐다고/편지처럼 낙엽이 왔다

-〈삶도 그러하지〉 전문

그가 소심한 것을 안다. 그래서일까. 그는 生을 얼마나 반추하며 사는지 위의 짧은 시를 보며 생각해 본다. 더욱 곱게 붉게 물들이겠다고 하니 나는 천천히 그의 시를 볼 즐거움에 설렌다. 바쁜 생활 속에서 소재를 찾아 전달하는 시인 찬우의 또 하나의 짧은 이야기책 출판을 축하하며….

김효섭 | 고교친구

고2 학급문예집 발간을 주도했던 문학도,

국문학과에 입학한 첫해 다섯 친구랑 함께한 보름간의 전국 자전거 여행 내내 별과 술과 젊음을 노래하며 고뇌했던 순수청년.

세월이 흘러 30년을 건너뛰고 50줄에 다시 만난 친구와 시를 통해 까맣게 잊고 지냈던 청춘시절 가슴 울리는 추억들이 하나둘 소환되었지.

절망, 고독, 아픔, 그리움, 사랑, 꿈 그리고 비상~ 찬우 시에 등장하는 가슴 에이는 시구를 보며 친구가 살아온 예사롭지 않은 삶의 깊이가 충분히 짐작된다.

가슴에 자글거리는 돌멩이 다독이면서 찬우가 좋아하는 시 오래도록 맘껏 쓰는 중년시인 모습 기대하며 2집 발간 진심으로 축하해~

장영직 | 시냇물교회 목사

클래식을 음반으로 들을 때는 몰랐는데, 현장에서 듣게 되니 연주뿐만 아니라 연주자의 숨소리와 열기까지 느껴졌습니다. 음악 감상이란 이 모든 것을 포함한다는 것을 공연 현장에서 알게 되었습니다. 시를 책으로만 읽을 때는 몰랐는데, 시인이 직접 읽어 주고 삶의 이야기를 들려줄 때, 그 시가 생물이 되어 움직인다는 느낌을 받았습니다. 저에게 그 경험을 처음 선물해 주신 분이 바로 이찬우 시인입니다.

시인은 살고, 하여 이분의 시는 살아있습니다. 생명이 있습니다. 시인은 스스로 인간 경험의 원형을 몸소 살아내고 품었다가 표현합니다. 상처, 슬픔, 흐느낌, 외로움, 쓸쓸함, 흔들림, 짓무름…. 이런 시어들은 그냥 나온 것이 아니라 난산의 과정에서 탄생한 것입니다. 그런데 요즘 저는 이찬우 시인의 열정을 보며 새로운 생각을 하게 되었습니다. 시인이 시를 쓰는 것이 아니라 태곳적 시의 영혼이 시인을 빌려 시를 쓰고 있다고! 결국 시의 영혼이 이찬우 시인을 빌려 시를 쓰고 있습니다.

그 사실을 시인은 알고 있을까?

박영필 | 소꿉친구

녹음이 짙어진 지 오래됐다.

불볕더위와 본격적인 장마가 시작되는 요즘, 축 늘어진 퇴근길, 어느 집 대문가에 익다 말고 떨어진 살구들의 시큼한 내음에 정신이 번쩍 든다.

유리조각에 스윽 베인 살에서
나오는 피를 보고야
아프다고 하는 거

-〈잘 사는 거니〉 中

열심히 사는 와중에 박살이 난 살구 냄새에 왜 찬우 시가 생각나는지 모르겠다. 찬우에게 있어서 시의 주제는 모든 사물, 자연, 사람, 그날의 일상이 다 시가 되는 듯하다.

시를 읽다 보면 왠지 서글프기도 하지만 동시에 힘도 느껴진다.

학창시절 웅변과 글짓기에 능통했던 재주가 찬우를 시인의 자리에 오르게 한 것이 아닌가 싶다.

찬우는 나의 소꿉친구다.

어려서부터 많은 추억이 있기에 시인인 찬우가 자랑스럽다.

두 번째 시집 발간을 축하하며 시인 찬우의 앞날에 행운이 함께하길 빌어본다.

유영관 | 오십여 년 전 찬우의 눈을 기억하는 형

오십여 년도 이전에 보아온 아우의 가녀린 눈目은 지금 무엇을 보고 있을까?

그 여린 눈 속 깊이 간직한 의미는 무엇일까?

아름답기보다는 맑아야 하고 맑은 것보다는 관용과 연민이 시인의 정신이겠지.

여린 눈 속의 웃음은 내 마음의 슬픔을 일깨워 주는 것이었을까?

그런데 이상하게도 그 웃음이 슬픔으로 치환되는 아우의 시를 보면서도 아프지가 않다.

이런 게 카타르시스인가?

시가 읽히는 시대는 좀 더 불행한 시대일지 모른다. 비인간화에 저항하기 위해 시는 쓰여지고 아우는 그 최전선에 있으니 슬플 수 있겠구나.

그 슬픔을 밀고 나가는 아우를 응원한다.

앞으로도 그 여린 웃음으로 세상의 슬픔을 노래해주리라 믿는다.

슬픔의 힘으로 세상은 아름다워진다는 것을 나는 믿으니까.

두 번째 詩集 출간을 축하하며…. 부산 兄이.

이준희 | 지열 냉난방 전문가

난 시라고 하면 소가 외양간 끌려가듯 고개부터 돌리는 습관이 있었다. 함축이라는 입에 발린 표현으로 머릿속을 뺑뺑이 돌리는 말장난이라고 생각했기 때문이었다. 그런데 가끔 접하게 된 이찬우의 시를 접하고는 서서히 생각이 바뀌었다. 그만의 언어유희를 좋아하게 되었다.

그의 시 〈맹꽁이 소리〉 중에 "글 나부랭이는/거침없이 제껴대는/맹꽁이 울음 닮기를"이라는 구절이 있다.

시가 아무리 힘이 있다 해도 여름날에 소나기나 젖은 저녁 혹은 단내 나는 달 밝은 밤의 맹꽁이 소리 앞에선 부질없지 않은가? 나는 그렇게 생각한다.

그가 겪은 모든 경험에서 잉크가 물에 퍼지듯 풀어져 나오는 얌전한 글귀들과 말장난들이 싫지가 않았다. 요즘 말로 임팩트가 없어 보이는 시에서는 오히려 무서울 정도로 소름이 돋기도 한다. 고통을 뼈저리게 느꼈을 그의 삶에서 나오는 시구라기엔 발버둥치고 발악하며 아우성치는 모습이 없다. 그는 이미 그 고통을 즐기는 듯한 해탈한 땡중의 경지에 이르렀다는 생각밖엔 달리 표현이 없다. 그래서 그의 시는 한눈에 반하기도 하지만, 볼수록 빠져드는 매력이 있다. 집착은 돌고 돌아 종국에는 고통을 남기는데 집착을 교묘하게 즐길 줄 아는 그에게서 나오는 시들을 그래서 되읽게 만드는 모양이다. 나에게 그의 시는 짜증이 아닌 기다림이 있는 숙제이다.

민의식 | 이찬우 시인 고교선배, 『사람은 다 다르고 다 똑같다』 저자

詩는 생략되고 함축된 언어로 아름다움, 사랑, 이별, 슬픔, 아픔, 두려움, 불안, 상실, 죽음까지도 노래한다. 詩 속의 희로애락은 은유와 비유로 가득하다.

나는 이찬우 시인의 시를 읽으면 감각과 감정의 문이 열리고 나만의 상상력을 펼치며 깊은 심연으로 빠져든다. 시의 아름다움에 흠뻑 젖어 온몸으로 공감하고 느낀다.

깊게 읽어보자. 빠져들지 않으면 한 편의 시를 한 시간 동안 읽고 또 읽어보자. 시의 언어를 음미해 보자. 번득이는 통찰을 느끼는 것과 마찬가지다. 시간을 충분히 들여야만 아름다움, 사랑 등의 지각知覺이 무한히 멀리 뻗어나가 더 많이 느끼고 이해할 수 있게 된다.

디지털 매체의 빠른 속도와 즉각성, 고강도 자극, 멀티태스킹, 파편화된 대량의 정보 속에서 허우적거리는 우리에게 인지적 노력이 필요한 깊이 읽기에 이찬우 시인의 시집은 제격이다.

이찬우 시인의 시를 정독으로 여러 번 읽기를 권한다. 그러면 여러분은 주의와 기억의 질, 아름다움을 지각하고 진실을 인지하는 능력, 그리고 복합적인 사고능력이 커질 것임을 확신한다.

김영수 | 해맑은약국 약사

몇 년 전 겨울, 이찬우 시인과 나는 장암역에서 단둘이 만나 수락산을 올랐다. 그는 수락산행이 처음이라고 했다. 석림사 계곡에 들어서자 화려한 청둥오리 한 쌍이 미동도 없이 바위에 서있었고 계곡물은 투명하게 얼어있었다. 중년 남자 둘의 수다는 계곡을 따라 기차바위까지 이어졌다. 입이 무거운 그가 내게 들려준 파란만장한 가족사는 티비 드라마처럼 나를 깊이 매료시켰다. 수락산 정상을 지나 겨울 햇살이 비추는 공터에 앉아 나는 그에게 시원한 막걸리 한 잔을 건네며 그의 첫 수락산행을 축하했고 뜨거운 물을 부은 컵라면으로 안주를 대신했다. 나는 그의 시를 자세히 이해할 수는 없으나 그가 세상을 바라보는 따스한 시선과 연민과 그리움의 시어들을 사랑한다.

그의 망막으로 투영된 세상 이야기는 산에서도 강에서도 오늘 저녁 주점에서도 나와의 수다로 시간가는 줄 모를 것이다. 이찬우 시인의 맑은 영혼이 영원하기를…. 자, 건배.

차재진 | KEB하나은행 공덕동지점장

4년 만에 찬우 시인의 두 번째 시집이 나온다.

나야 뭐 별을 좇는 적도의처럼 늘 바라보고 있다마는

첫 시집 『내 상처만큼만 사랑했더라』를 전해드린 지인들로부터

두 번째 시집은 언제 나오냐는 채근에서 벗어날 수 있어

한편으론 무척이나 홀가분해지는 마음이다.

읽다 보면 몇 천만 화소의 플래그십카메라로 찍은 쨍한 사진보다는

와사등 아래 기대어 선 어느 중년의 모습이 빛바랜 사진에서 보는 것처럼 그렇게 투영되는, 그런 글들이 보인다.

모짜르트나 베토벤같이 천재성 있는 교향곡을 들려주지는 않으나 슈베르트의 겨울 나그네 같은 선한 방랑이 보이는 그런 시들을 들려준다.

우리가 겪어온 삶의 모진 파도를, 그리움을, 연민을 보듬어주고 달래준다.

이제 몇 해가 지난 만큼

그 연륜이

그 눈빛이 얼마나 더 깊어졌는지

나를 얼마나 더 침잠하게 할지 바라볼 생각이다….

목차

序文 4

시인에게 보내는 편지 6

1장 __

고작 사랑 때문에
눈부신 사랑 때문에

절규 28 / 세월을 견딘다는 거 30 / 거리 32 / 가위를 모른다 33
어느새 34 / 어떤 시간은 지나가지 않는다 35 / 안녕 36
당신이 예뻐서 38 / 혼자서 40
사물이 보이는 것보다 가까이 있음 41 / 희망 42 / 꽃병 44
바다에 빠져 46 / 별이름 48 / 입술에 술 50

2장 __

동여맬 수 없는 시간 속에서 사색

멸치육수 54 / 화봉사 56 / 용현사우나 58 / 겸손을 배우다 60
솜사탕 61 / 뼈들의 시간 62 / 가을별 64 / 경건한 컵라면 66
수평선 68 / 부용천(芙蓉川)의 갈대 70 / 2월은 72
포천은 별이 빛난다 74 / 지난 나는 76 / 참회록 78
이사 가는 날…. 80

3장 __

가끔은 한숨 같은 것에 끌리더라

성장의 방식 84 / 삶도 그러하지 85 / 가을을 대하는 나쁜 자세 86 /
시의적절(時宜適切) 87 / 징검다리 88 / 바람이 별을 스치듯이 89
풍경을 벗기면 90 / 등산 91 / 나목 92 / 가을客 93 / 날개 94
꽃씨 96 / 철 98 / 백목련이 필 때 99 / 단풍 100 / 가을앓이 101

4장 __

그대만 보고 가다가 그대가 없을 때

그때 들키고 말 걸 그랬어 **104** / 가슴이 따끔거려 **106**
꾸다 **108** / 꽃보다, 꽃 보다 **110** / 태엽 **112** / 어떤 날 **114**
별잎 **115** / 너처럼 **116** / 비요일 **118**
그대를 만나는 방법 **120** / 시월의 마지막 날 **122**
무모하거나 아름답거나 **124** / 오늘밤 **126**
피서 **128** / 너를 기억하는 방식 **129**

5장 __

고개 숙인 너에게 안부를 묻는다

탈출구는 없다 **132** / 위로 **134** / 서리 **136** / 겨울숲 **138**
외로움에 대하여 **140** / 혼(混)술 유감 **142** / 탄력성 **144**
잘 사는 거니 **146** / 잎 **148** / 고개를 숙인다는 것 **150** / 낙화유감 **152**
가을은 불현듯 **154** / 손만 흔들었으면서 **156** / 바람의 다중성 **158**

6장 __

누구도 잘못하지 않았어
그러니 다 괜찮아

귀갓길 **162** / 토닥토닥 **164** / 인생이 **166** / 맹꽁이 소리 **168**
아침 햇살은 잔소리를 안 한다 **170** / 아늑하고 아득하게 **171**
까페에서 **172** / 봄 **174** / 커피를 내리며 **176** / 9월愛 **178**
눈물바다 **180** / 와사등의 이갈비 **182** / 대체로 아름다운 **184**
동트기 **185** / 커다란 말 **186**

해설 __

그늘을 바라보는
따뜻한 사람살이의 가슴앓이 **188**

1장

고작 사랑 때문에

눈부신 사랑 때문에

절규

잊어야지 잊어야지

그리 못 잊으며

노상

잊어야지 잊어야지

잊혀지지 않는 걸

어찌 잊어

그래도 잊어야지

한시도 안 잊고

잊어야지 잊어야지

저무는 어느 골짜기에

날 두고 간

잊을 수 없는 너를

잊어야지 잊어야지

세월을 견딘다는 거

기약 없는 세월을 견딘다는 것만큼 힘든 일이 또 있을까

잘 버틴다는 거 있잖아

그거 정말 힘든 거야

얼마나 눈물겨운 노력인지

모르는 사람은 모르는 거야

안 해본 사람은 아예 몰라

처음엔 예뻐서 좋았는데

그런데 말야 그게 다가 아닌 거야

네가 떠나던 날

가팔라진 가슴 억누르며 생각해 보니

너를 놓아줄 수 없었던 것은

혼자 견뎌야 하는 날이 힘들어서가 아니었어

너에게 해주지 못한 것들 때문이었지

손톱 같은 거야 잘라버리면 그만이지만

여기 가슴 한복판에서 자라

어질어질 머리가 꽉 차게 컸는데도

어찌 손톱만큼도 안 보였는지 몰라

무릎쓰며 살아갈 날을 생각지도 않고

어찌 그리 커버렸을까

기약 없이 세월을 견딘다는 것만큼

힘든 일이 또 있을까 몰라

거리

딱 그만큼
두고 보았어야지
부딪힌 상처가 말하잖아

너를 보내고
눈물이 난다고
쓰고 싶은데
너를 보내지도 못하고
나오는 눈물이 말하잖아

가위를 모른다

단풍은 가위를 모르지

가위바위보 놀이를 하면

보자기만 낸다

얼굴 붉히며 보자기만 낸다

네가 그랬지

그래도 이쁘기만 했지

어느새

당신은 내 안에서 움트고

내 살이 천천히 썩을 즈음

당신을 보내지도 못하고

진주는 점점 커가는데

어떤 시간은 지나가지 않는다

당신의 이름을 쓰고

한참을 들여다본 적 있지

이슬 같은 이름자 위

눈물 한 방울 떨어뜨렸지

어쩌나 싶어

번지는 이름을 손가락으로

가만히 대어 본 적 있지

가슴 한 자락 맞대고 싶어

손을 겹쳐 가슴에 얹고

눈을 감은 적이 있지

스윽 가슴으로 들어오는 당신을

그저 숨결로 맞이하는 시간은

나를 많이 울리지

안녕

그대를 만날 때 썼던 인사말

안녕

헤어지면서 보고 싶어도

잘 참고 있다가 보자는 기약의 말

안녕

그대의 아픔을 모두가 눈치채지 못하고

나 혼자 가슴을 쓸어내리며 하는 말

안녕

잠시 멀어졌다가 다시 만나서

타박도 하지 못하고 웃으며 하는 말

안녕

이별이 천천히 가슴으로 들어오는

직감을 하면서도

안녕

멀리서 들려오는

힘들다는 소리를 듣고

가만 가만히 하는 말

안녕

더 이상 안녕이란 말 들을 수 없어도

그대의 안부를 묻습니다

안녕

당신이 예뻐서

예쁘다는 것을 당신이 인정할 필요는 없습니다
새싹이 돋고 꽃이 피는 착한 풍경이
당신을 시기해 감춘 어느 날 참 아팠습니다
눈자위를 적시며 찾다가
애처롭게 나를 찾는 당신은 얼마나 예쁘던지요
당신과 내가 슬픔을 나누면
모든 고통은 설 자리가 없어지는데
당신은 예쁘니 나는 고통입니다
당신이 예쁘지 않다면 나는 당신에게
예쁘지 않다고 말하지도 않고 나는 고통스럽지도 않습니다
잘 알고 있지요
내가 당신을 예뻐해 주지 않으면 누구도 당신을 예뻐해 주지 않으니
당신을 예뻐해 줄 수밖에 없어요
그렇게 예쁘게 태어났으니

예쁘게 살아야 하는데 내가 옆에 없으니 괴롭습니다

낮과 밤

해와 달과 구름과 비가

아무 말도 하지 않는 것은

무조건 당신이 예뻐서 그렇습니다

내가 괴로운 것은 다 당신이 예뻐서입니다

혼자서

혼자라는 건

쓸쓸한 게 아니야

다른 누구를 생각할 수 있어서

괜찮은 거야

못 해준 마음

토닥일 수 있어서

고운 시간이야

더 잘해주고 싶은 마음

눈물로 모으고

거리를 두고 견디는 거야

너를 떠올릴 수 있는

고마운 시간이야

난 그렇게 생각해

그건 외로운 게 아닌 거야

너도 그렇지

혼자이니까

내 생각하는 거지

사물이 보이는 것보다 가까이 있음

희미하게 보이지만 작작하게 있는 이여

멀리에 보이지만 진작에 가까이 있는 이여

손을 내밀어 보듬는 작은 몸짓으로도

충분히 정갈하게 비추는 이여

오래된 거리의 행인처럼 스치는 배경이 바뀌어도

거울에 반사된 얼굴은 가슴에 남았습니다

다음에는

사람 같은 거 좋아하지 못하게 거울로 태어나고 싶지만

어쩝니까

때때로 인생은 거울에 대항할 수 없으니

너무 아름다워서

너무 보고 싶어서

나는 차를 타며

그대를 향해

자꾸 거울을 닦습니다

희망

가도 가도

그대에게 닿지 못하네

그만큼 갔으니

그만큼 오기를 바라진 않으니

부디

내 마음 들킬 때까지만

다가오기를

꽃병

어느 날

내 마음이 그대의 마른 가슴에 닿거든

내 그리움이 물처럼 흘러 고일 것이니

그대가 허락 없이

나에게 들어왔듯이

지친 다리를 접고 팔을 꺾고

휘어진 허리를 부러뜨려서 넣어주오

타는 입술을

사랑하는 이여

그대의 야린 손으로 마구 짓이겨

작은 입구로 집어넣어

타는 목을 거두어요

그대만을 바라볼지니

병으로 다하는 날까지

꽃인 양 보아주오

바다에 빠져

한 번 빠지면

스스로 나올 수 없는 바다

하늘도 치맛자락을 적시며 놀다가

저녁이 되어서야

노을을 남기며 겨우 떠나고

달 뜨면 수만 개의 염원이 달뜨다가

지친 마음에 묻어둔 말

수런거림에 달빛 윤슬만 가득하니

숨차게 밀려오는 밀도에

바닥보다 더 간절히 엎드려

어디 고백이라도 할 수 있으랴

눈물 따위로

어디 간을 맞추겠는가

죽음마저 삼키는 깊이에
죽지도 못하게 하는
죽음보다 더한 기쁨은 어찌하리

치욕적인 목마름에 잠기더라도
빠지면 헤어나지 못할지니

아~ 사랑海

별 이름

별을 본다는 건
그리움을 만나는 일

수많은 별들에게
안녕을 묻다가

손으로 흩어서
만들어 본다

따끔거리며 빛나는
이름 세 글자

그 옆에 있어야 할
내 이름

당신에게 다 써 버리고

남은 것이 없다

온통

두 눈에 담긴

당신이라는 별

입술에 술

애틋하고 아름다운 어제는
사라지지 않는다

미지근한 너의 입술에 데인
나의 입술은 그대로다

그립고 두근거리는 내일은
너를 기다린다

시시때때로 너의 입술은
나의 술이 되었다

따스한 입술은
뜨거운 술을 부르나니

마땅히 떼지 말아야 할

달콤한 술 아니더냐

2장 동여맬 수 없는

시간 속에서 사색

멸치육수

바다를 잃는 순간

숨을 끊는 멸치

그물 속에서는 영위할 수 없는

전부보다 소중한 하나

멸치육수에는 자유가 있다

온몸으로 바다를 간직한

멸치가 품어놓은 바다

화봉사

슬픈 것도 아름다움이 되는 계절이란
추억 한 장 꽃물처럼 물들이는 가을의 오후가 어울린다
갈고리 모양 서북 방향으로 앉은 탓에
다른 곳보다 엄숙하게 계절을 맞이하는 화봉사
입구만 겨우 빛을 부리는 마가을의 해거름
풀벌레와 산새 소리는 듣지도 않고
가을 타는 나무들의 투정에 바쁜 걸음 쉬어 간다
청진기를 대고 듣는 듯
뚜욱뚝 떨어지는 방울나뭇잎을
아무렇지 않게 머리로 받아내며
여러 마리 개처럼 뛰놀다가
공양 시간에 맞춘 늙은 비구니의 목탁에
엄마 얼굴 떠올리는 어린 녀석들
옻도 다스린다는 약수터의 살얼음을 깨고
작고 길죽한 빨간 바가지에
목마른 사슴처럼 물을 마시고는

내 친구 깨보숭이 천식이는 까르르 좋아라 했다

키 작은 배롱나무가 어여 가라는

붉으락 호통은 듣지도 않고

큰 몸을 갖은 후박나무가 경을 치듯

노랗게 낙엽을 떨구어도

나 몰라라 짧기만 한 십일월의 어느 날

짐을 채 꾸리지 못한 이파리들에게

저리 곱게 진 낙엽을 던지다가

그대로 화봉사의 그림으로 들어갔었지

풍경소리는 어슴푸레 깊어지고

공양주 보살의 바빠진 발을 보고야

새들처럼 자유롭던 열 살 아이들

올 때처럼 부처에게는 인사도 않고

짧은 가을볕 소등하며 집으로 향한다

용현사우나

가스를 도둑질하다 들통나서
과태료를 덤으로 내고 문을 닫았다는 용현사우나
이십여 년 용현동에 산 나만큼이나 자리를 지키고 있는
새마을금고 길 건너에 있는 건물
시장통 같은 좁다란 골목을 지나면 7층
옆에서 보면 6층 뒤에서 보면 5층
조금 까다로운 위치의 6층짜리 건물의 5, 6층
어제 다시 문을 열어 오늘까지 공짜라고
미용실 아줌마의 말이 기뻐서 갔네
입구에서 활짝 웃으며 인사하는 사장님
인사에서 그늘이 느껴져
이발실 칸막이만 새로 들어서고
눈에 익은 인테리어와 벗겨진 타일
새 신 가격 붙였던 테이프 자국이 그대로야
같은 동네 아주 가까운 곳에
아주 커서 수영장까지 딸린 천지연사우나가 생기고부터

잘도 버틴다 했지

공짜인데 열 명도 안 되는 탕 안의 사람들

내 나이 또래 아들의 도움을 받아 몸을 닦는

할아버지 처진 뱃살을 보니 눈물이 나

내일부터 10일간 삼천 원이라는 데 눈물이 나

겸손을 배우다

해가 타오르며

서녘으로 가자

수만 번을 본

그 해를

그윽이 바라보는

소나무를 보았다

솜사탕

말하기 전에
심장이 답하는 세월이 있다
생각하기도 전에
심장이 요동치는 세월이 있다

달아날까 숨도 참아 가며
젓가락 하늘에 꽂고
뭉게구름 휘이휘이 젓다가
설탕을 뿌렸던 시절

샘물 같은 하늘이 흐르다
하얀 구름에 고여 있는
기억나는 것으로도 고마운
작고 여린 시절이 있다

뼈들의 시간

머얼리

시야의 경계를 만들어주는 도봉의 능선에 선 나목

모든 내부는 외부보다 어두우나

하늘에서 내리꽂았기에 역설인가

과묵한 대지의 기운을 환하게 드러낸

도봉의 나신에 도열한 뼈들이 명료하다

일사불란한 대형에서 경건함이 배어난다

협곡과 준봉에 털이 곤두서듯 뼈들이 박혀있다

횡으로 종으로 뻗치다 구부러지고 솟구치다 함몰한

도봉의 골격은

아직 도착하지 않은 바람을 맞을 결기로 가득하다

켜켜이 쌓인 세월 따라

거대한 칼로 베인 상처인가

시간의 역사를 까바치는 증거인가

깎이고 내달리고 까뭉갠

온전히 드러낸 암석 위의 위태로운 뼈들도 벅차게 고

요하다

견디고자 하는 것은 시간보다 오래된 힘이고

견디지 못하는 것은 시간에게 모욕이다

시간을 건너는 것은 고독이 담당할 터

저기 도봉이 그러하다

세월이란 뼈들이 지켜낸 시간이다

가을볕

아들 녀석 방의 창가에 맺힌

은빛 서리가 녹아내리는 오전과

베란다 앞 은행나무의 이파리들이

곱게 눕는 오후

동여맬 수 없는 시간을 보는

내내

어느 시인이

부리고 간 낙엽을

찬찬히 바라보는 빛이 있었다

경건한 컵라면

한적한 대원여객 앞 버스정류장 벤치에서
한 여인이 컵라면을 먹고 있다
몇 미터 밖 편의점의 비어 있는 파라솔이 자리를 주지 못
한 그녀의 일정은 무엇일까
칠월 말 초저녁은 순수한 열기로 가득하여
아잔을 들으며 숭고한 의식을 치르는 듯 용기를 받치고
있는 손이 떨려 보였다
1日 1式 1呪 일까
감청색 캔버스화와 청바지 사이의 붉은색 양말이 미량의
바람도 허용하지 않고 잘 익은 몸뚱어리를 감싸고 있다
불혹지년 즈음이다
버스를 기다리는 나를 힐끗 보는 눈빛에 주한이 어렸다
의정부의 폭염경보가 고루 적용되지 않기를 바란다
더위를 견디기에 적합한 몸인
1日 1食 1酒를 생활화한 나와 비슷해서
삭정이 같은 몸을 활처럼 둥그렇게 말아서

삶을 잘게 잘라 먹는 것일까

배부르면 좋겠다

인생의 길모퉁이에 가난의 화살이 박히더라도 말이야

뜨거운 컵라면 건더기까지 꾸역꾸역 먹으면

둥글고 딱딱하게 뭉쳐 있다가 애옥한 배를 부자로 만들어 주는 것이다

몇 대의 버스가 지나가도 버스를 타지 않고 줄담배를 피우는 내게 눈길을 다시 준다

크로스백에 꽂힌 부채를 옆에 내려놓았다

208번은 가능역에서 기다리기로 하고 106번에 오른다

여인아

물은 뜨거워져야 끓고

끓은 물에 라면은 익으니

뜨겁게 살아라

그래서 맛있게 익으면 좋겠다

수평선

포개진 저 눈금을 벌리면

어떤 경지가 펼쳐질까

손가락으로 아래위로 당겨

틈을 만들고 싶다

나풀거리는 파도를 튕겨

끄트머리를 들추어 보고 싶지만

파도소리의 경계가 물 샐 틈이 없다

매일 태양을 잉태하는 바다와

별을 떨어뜨리며 우는 하늘이

서로의 한계를 확인할 뿐

깊이를 가늠할 수 없는 접경의 공간

투신을 허용하지 않는다

절대의 선을 스치우는

한 가닥 메밀꽃이 얼굴을 때려

미몽에서 깨어난다

부용천芙蓉川의 갈대

도저히 지날 것 같지 않은 깊은 밤에
연꽃처럼 고운 부용산에서 내려와
연꽃보다 예쁜 부용천에 뿌리를 묻은
흐르르 사위듯 서있는 여인네의 기품을 본다

은갈치가 튀어 오르려나
소복 입은 운명에 복종하는 자세련가
은은하고 포근하나
밀려오는 절망을 품는다

힘들다 한마디 없이 애쓰며
하얗게 내리는 서리를
그대로 받아내는 가냘픈 몸뚱어리

바람이 불면 부는 만큼
하르르 파르르 몸서리 칠 뿐

달빛에 내려앉은

허공과 어둠 사이의 서늘한 외로움을

온몸으로 짜내며 구부린다

상처를 끌어안으려 최선을 다하는

직선을 배제시킨 곡선은

미친 아름다움

분명 견디어냄을 위무하며

옅은 한숨으로 맞이할

처음으로 갈 수 없는 끝의 휘어짐에서 얻어낼

고난의 아침

지친 듯 내 쪽으로 기대는 갈대의 체념

타이르듯 갈대를 쓰다듬으려 내뻗는

닿지 않는 나의 야속함

2월은

시리다거나 그립다는 말 사이를
천천히 걷는 오후의 산보

봄이었다가 겨울이었다가
까르르 셔츠를 비집고 드는 바람

질박한 나무 표피에
위로의 손길을 내미는 햇살

사랑한다거나
꽃 핀다거나 하는
움트는 새싹 같은 달

사랑하니까
좁히는 거리가 아니라
사랑하기 때문에

남겨둬야 하는 거리 사이로

꽃 피는 봄 빨리 오라고

눈썹달만큼 작은 달

포천은 별이 빛난다

사춘기처럼 사랑 따위를 짐작이나 했으랴

포천의 밤하늘이 맑지 않았으면

양잠 치는 어머니의 마음 같은

밤하늘의 별들이 없었다면

천 년은 묵었을 너와의 반짝이는 인연 기억도 없으리라

개 짖는 소리 멀리 들리는 좁다란 길목에

밤 이슥토록 발걸음 멈춘다

꿈틀거리다 허물을 벗지 못한

마땅해야 할 시간들

바람에 쓸려 포천의 빈 들에 쌓였다

떨리는 가슴 두 손으로 누르면

억눌렸던 너의 얼굴 떠올라

오래된 눈물 방울져 떨어진다

마법을 풀고 별이 되어

너는 포천의 밤하늘에 걸리었구나

사랑은 올 때마다 길을 바꾸니

부대끼는 거라고 말하는 바람에게

죄를 씻는 마음으로 띄우는 나의 사랑아

깊은 잠에서 깨어나

공중에서 너와 나 어우러지며

별처럼 빛나는 영혼의 시가 되리라

포천의 별은 빛난다

지난 나는

시간을 쓸고 지나가다 남겨놓은 나는 무얼까 이미 지나간 날들은 어디에 머물까 까만 봉다리에 담겨 쓰레기통에 들어갔을까 재활용 되어 내 주변에서 어슬렁거리지 않을까 큰 핀셋으로 들어 올리면 보일까 거기에 나는 지혜로워졌을까 견고하게 늙었을까 그 많은 과거의 나는 혼령처럼 빙 둘러싸고 무슨 얘기를 들려줄까 빼곡히 조경이 되어 열심히 나를 오해할까 북 찢고 싶은 날들은 지금의 나를 보면 어떤 표정을 지을까 그때의 슬픔은 지금의 슬픔일까 슬픔은 내 몸에서 무슨 일을 할까 내장 기관 어디에 구멍 하나 뚫으면 슬그머니 흘러나오지 않을까 한 올이 풀려 옷이 다 풀리듯 몸도 흘러나올까 그러면 자유롭게 하늘도 나를까 바람처럼 가볍게 된다는 건 무엇일까 한동안 나를 스치우다가 내 존재를 잊었을까 내가 아니라고 확신하면서 찬 시간과 따뜻한 시간이 따로 놀듯

참회록

눈깔사탕만 한 함박눈을 개들이 이리저리 뛰다니며 희롱하고 있었다 그 광경으로 한 마리가 쑥 들어왔다 어제도 숙제를 안 해 와서 베끼는 은혜를 베푼 천식이었다 고봉밥처럼 머리에 높은 눈은 아랑곳 않고 주머니에 맛난 것을 숨기고 자랑하고픈 표정으로 천식이가 우리 집에 웃으며 온 것이다 서울로 돈 벌러 간 큰누나가 첫 월급으로 커피를 좋아하시는 아버지에게 막셀 커피를 사 왔다고 했다 내리던 눈은 정지되었고 개들도 멈추고 그 사이를 엄청 빠른 두 마리 개처럼 천식이네 집으로 뛰었다 마당에 있는 백설기 시루 같은 빨간 다라야의 눈을 치우고 얼음을 깨고 빨간 바가지에 가득 물을 담았다 병에 든 시꺼멓고 좁쌀만 한 커피 반을 쏟았다 그보다 많이 흑설탕을 붓고 숟갈로 얼음이 동동 떠있는 설탕과 커피를 드륵드륵 지었다 엄숙함을 견지하려 했으나 터져 나오는 기쁨을 참지 못해 방구소리를 비틀어놓은 것 같은 우스꽝스러운 픗픗 소리를 내며 웃음을 참았다 마녀가 조제한 금단의 영약을 시음하듯이 두 손으로 받쳐 들고 천식이 한 모금 나 한 모금 천식이를 보며 히죽 감사의 인사를 하고 바닥에 남은 커피 찌꺼기를 숟갈로 긁어 먹었다 오지 않는 잠으로 이불 풀석인다고 형에게 쿠사리를 밤새 들었다 다음 날 수업 내내 존다고 선생님에게 맞았다 천식이는 결석을 했다 이틀 후에 학교를 왔고 까까머리에 파란 곰팡이가 핀 듯 부었고 다리를 조금 절었다 우리 집보다 천식이네 집이 학교에서 조금 멀었다 종종 천식이 숙제를 도와주었다

이사 가는 날…

"내가 죽어
이사 가는 날
내게 남은 것 돌아보니

내가 살아
이사 갈 때
내게 없어 사들인 것

내가 죽어
이사 가는 날
내가 가져갈 것 없어라"
라고 썼다가

낮에 먹은 짜장면
배알이 꼴려
침을 백 번도 넘게 뱉었다

3장

가끔은

한숨 같은 것에 끌리더라

성장의 방식

나는
껴입어서 가을을 맞고
나무는
벗으며 가을을 맞는다

껴입어서
바람을 맞는 나는 움츠리고
벗으며
바람을 들이는 나무는 모습을 드러낸다

나는
가을을 맞으며 겉으로 크고
나무는
가을을 맞으며 속으로 큰다

삶도 그러하지

바라보니

기다려준다면 곱게 물들이겠다고

자세히 보니

다음엔 더 붉게 타오르겠다고

조금 어설펐다고

편지처럼 낙엽이 왔다

가을을 대하는 나쁜 자세

조금 더 머물러주기를
배롱나무를 안타깝게 보면서

바람 한 결에
시린 그리움이 배어있는

쉬었다 가라는
벤치 위의 낙엽을 지나치네

시의적절時宜適切

바람은 핑계다

비도 핑계다

달 밝은 밤에

그저 때를 기다려

오래 가기 위해

내려놓아야 하는 잎을

은행나무는 거룩하게

도모하고 있더라

나도 몰래

질끈 눈을 감는다

징검다리

시린 바닥 찰지게 억누르고
낮게 솟아올라 웃고 있네

찬물 닿지 말고 어여어여
어디 한번 업혀보라고
어디 한번 밟고 건너보라고
내미는 등이
더러운 발을 들래들래

시커멓게 탄 가슴을 파묻은
어머니의 숨이 다문다문 남아있네

바람이 별을 스치듯이

사다리를 타고 올라가다가

쿵 머리에 부딪히는 게 있는 거야

올려다보니

별이 미안한 듯이 뾰족 꼬리를 감추었지

별이 보였어

지붕에 앉았는데 별이 말하더군

어쩌면

같이 있기 위해서는

버려야 하는 게 많은 것이라고

하물며

가까이 있는 것조차

참아야 하는 거라고

바람도 별을 스치운다고

풍경을 벗기면

비가 오면

살이 붙듯

꿈이 붙는다

자라나는 것은 속에서부터다

보이는 것은

안을 채우고 나서다

꿈이 붙으니

보이는 풍경은 그대로이지만

안에서부터

자라나는 것들은 그저

다지고 다져서

꽃잎 같은

꿈을 붙인다

등산

멀리서 보면 푸른색이다

옛날엔 바다 밑이었다지

산을 오른다는 것은
한 모금의 공기를 위해
수면 위로 솟구치는 몸부림이다

나목

바람이 들면
다정하니
몸을 헹군다

겨울이 되어서야
오랫동안 무릎쓴
시간이 보인다

헐거워지고 나서야
맑은 하늘이
생에 들어앉는다

가을客

혼자 있고 싶은 가을에는

침묵을 배워야 한다

혼자이고자 하나

혼자가 되기를 원하는 것은 아니다

여백을 남겨

누군가 들어오기를 바라는

不言不語

빈자리를 남기는 것이다

날개

내가 사랑하는 것은
권리가 있어서가 아니라
네가 내게 있어서다

새의 날개는
권리가 아니라
존재의 절대조건이다

이 땅에 사랑만이
살 만한 세상을 만든다지만
사랑이 없다면 얼마나 지옥인지
증명할 필요는 없다

날개가 있어 새로서 존재하는
날개는
날갯짓의 이유이다

꽃씨

한꺼번에 쏟아진 알알한 빛무리

바람에 입맞춤하며

흩어지다 나란히 다가오면

뜨락 한 처에 고개 숙인 꽃

때를 알리는 등을 켠다

대지에서 길어 올린 작은 詩語들

꽃잎 달고 피어오를 때

세월의 모퉁이에서

아련한 기억으로 숨을 쉬다가

후끈거리는 알갱이 하나 하나

더 깊고 더 푸르러서

더 짙고 더 향기로워서

서성이며 맴돌던 날들

모두를 내주어도 아깝지 않을

모두를 내주고야 남길 수 있는

꽃잎 떨구어야 완성되는

태초의 맹세

철

화단의 작은 이팝나무

겨울 날 준비를 한다

몇 번의 경험으로 잘 견디겠지

얼지 않기 위해서는

수분을 차단하는 것

낙엽을 떨구어 성장을 멈추는 것

단지

봄이 오는 어느 길목

몇 날의 온기에 새싹 올리지 말아라

그때가 위험한 철

백목련이 필 때

들녘이 부풀어 오르자
보슬비 대지로 스미어
들썩이는 흙을 잡고

낮의 꼬리를 문 해거름
이파리 하나 없는 가련한 목련
괜찮다고 토닥일 때

둥근 달도 초라해지는
희디흰 목을 들추면
검푸른 하늘마저 환해지는

금새 지고 말
곱고 고와서 가슴이 다 아픈
꽃 등이 달린다

단풍

당신이 가지고 있던 사랑을 봅니다

난데없이 새부리처럼 나왔다가

포근포근 자랄 때는 몰랐어요

한마디 말도 없이

어쩜 그리 밝기만 했나요

내게 그늘을 허락하며

데일 듯한 태양을 잘도 삼킨다 했어요

아

그때는 진정 몰랐어요

당신 마음을

영원 같은 한순간을 기다려

불태운 정열

지상의 사랑이 지는

토해내지 못한 핏물 같은

나는 당신을 봅니다

가을앓이

누가 나 때문에

미안해하는 거 아는 거

그거 무지 아픈 거다

가난한 가을아

걸음을 멈추지 말아라

겨울이 오기까지

네가 아플 이유 없다

봄은 떨어지는 꽃들의 무게로

물러나고

너는 떨어지는 낙엽이 무겁구나

깜짝 추워지는 거

그거 너보다 아플 리 없어

시인들은 원래 슬픈 족속이야

신경 쓰지 말고

그냥 낙엽 지면 돼

4장

그대만 보고 가다가

그대가 없을 때

그때 들키고 말 걸 그랬어

술에 취해서 실수처럼
말할 걸 그랬어
튀어 오르는 물고기처럼
숨 한번 크게 쉬고
물속으로 숨을 걸 그랬어
오래 앓다가
주사 한 방 맞듯
살살 아프라고 부탁할 걸 그랬어

던진 말이 돌아와
가슴에 돌덩이 되어도
이다지 눈물겹지 않을 텐데

누명을 쓴 나를 위해
너는 아무 해명도 않겠지만

아~ 나는

너를 사랑한다 사랑한다는 걸

들통이라도 날 걸 그랬어

가슴이 따끔거려

괜찮다고 하는 나를
찬찬히 바라보는 너의 눈에
괜찮지 않은 내가 보일까 봐

나 없는 동안 힘들었나요
그렇다는 걸 알면서
이제사 나타난
네가 미안해할까 봐

그런 날이 오지 않을까 봐

꾸다

정말이야
나 이제 다른 꿈꾸고 싶어
난감하게 맨날
너만 나오는 그 꿈 말고
가장 잘할 수 있는
그 꿈 말고
기억할 필요도 없이
하냥 생각나는 거 말고

네가 나를 데리러 와서 부르면
못 들은 척
웃음 억지로 참고 있다가
어물쩡 너의 손에 이끌려
네가 차려 놓은
네가 잘할 수 있는
그 꿈속에 있는 꿈

꾸지 않으면 꿀 수 없는

그 꿈 네가 꾸어 줘

꿈결 같은 사랑으로 갚을께

꽃보다, 꽃 보다

온 천지에 꽃들이 만발하는 봄에 너는 나타나지 말아라
꽃이 안 보이니까

꽃나무에 처음 핀 꽃은 마지막 꽃이 질 때까지 나무의
전부를 가져간 가장 아름다운 꽃이었다

살갗을 찢고 밀어 올린 눈물만 한 첫 봉오리는 지독히도
외로운 것은 그처럼 아름다운 것이다

기억하고 있니 너는 내가 처음 만난 꽃이었고 기억하지 못하겠지 너는 무정 아름답기만 했으니

길가에 핀 꽃만 봐도 좋아 죽겠는데 봄에는 나타나지 마라 내 껍질이 또 뜯어진다

태엽

그대를 만나고픈 하루가

또 이렇게 지나갑니다

난 정말이지 그대를 소망하여

삼 백 예순 다섯 날을 정성으로 풀어냅니다

그날 당신은 웅그려 흐느꼈고

거부할 수 없는 운명에

늘키며 돌아선 이후로

나는 밤마다

외로움에 돌돌 말립니다

혼자 모든 슬픔을 가진 듯
숨도 없이 감겼다가
또 하루를 헤쳐 보냅니다
당신으로 채워져
가다 보면 돌고 돌아서
그 자리에서 한 치를 벗어나지 못하고
아
당신에게 갇혔음으로
유기될 수 없는 미약한 행복
내 존재의 원리는
당신을 향한 무한 순렛길
오늘도 당신을 품고 풀어냅니다

어떤 날

몰래 바라보는 눈길을 느끼고 싶은 날
다정한 안부 전화가 그리운 날
걱정 말라고 따스한 위로가 필요한 날

누군가 등 뒤에서 포근히 안아
온기를 전해주면 좋은 날

모든 잎이 꽃이 되는 시월의 하루는
어제까지 있었던 당신의 그림자가
너무 긴 오늘입니다

별잎

햇살을 가지 사이로 놓쳐버린

겨울나무 옆에서 밤을 맞이하겠습니다

나뭇잎 대신

별을 다는 법을 배우면

가슴에서

별이 돋아날지 모르니까요

당신을 품고

밤을 보낼 수 있으니까요

내가 나무 되면

당신은 별잎으로 피어나니까요

너처럼

파랑 없이 고인 호수
고요를 보다가
문득 나를 만났다

늙은 여자의 루주처럼
무심한 바람이 수면을 스치다
한숨을 만들었다

산을 넘었을 저 바람은
어찌 급한가
물결의 마음 가져보지도 않고

비요일

아주 사소하게

아주 조용하게

꽃 진 꽃나무 아래에

바람을 타는

비가 곱군요

오월의 비바람에서는

분 냄새가 납니다

잊었을까

오월이 보내주는

당신의 내음에는

위로가 있습니다

난 아직

혼자여도 괜찮지 않아서

비가 내립니다

제발

나만큼 울지 않기를

빈 꽃나무처럼 손을 벌리면

비요일은

당신을 자박자박 내려놓습니다

그대를 만나는 방법

바람결에 살며시

그대 생각 떠오릅니다

눈을 감고 배시시 미소를 봅니다

몸이 슬며시 가벼워져 갑니다

달고 부드러운 봄바람이

아른아른 부는 날이면

그대의 미소에 걸리어

실없이 웃어 봅니다

쉴 곳 없는 바람 옆에

그대 생각 묶어 놓고

더디게 눈을 감았습니다

그러다가

눈을 뜨면

그대가 사라질까 봐

눈 못 뜨고

잠들지 몰라요

꿈길 끝에

그대가

와 있을지도 모르니까요

시월의 마지막 날

네가 떠난 시절로

다시 돌아간다면

너는 여전히

가을볕처럼 나를 바라볼까

메마른 바람 부는
그 가을 녘 벤치에
쌓인 낙엽을 치우며
자리를 내어줄까

너는
나의 가을로 있는데
아름답게 물들던 시월은
내일이면 없다

시월을 보내지만
아직도
너를 보낼 수 없는
슬프고도 아름다운 날에

무모하거나 아름답거나

살아있는 날엔

마음껏 울고 웃을 거야

주저하지 않을 거야

버리라면 모두 버릴게

곧 떠날 사람의 표정이야

그 표정 어떤지 모르면

미친 사랑에 빠진 나를 봐

한 자리에 쪼그리고 앉아 기다리다

접은 다리가 펴지지 않아도

아무렇지 않은 척 기다리는 사람

일어서려고 몸부림치다

다리가 부서져도

뜨거워진 가슴은 식지 않으니

몸 굴려서라도

언제든 어디로든 떠날 수 있어

맘만 먹으면

너만 오면

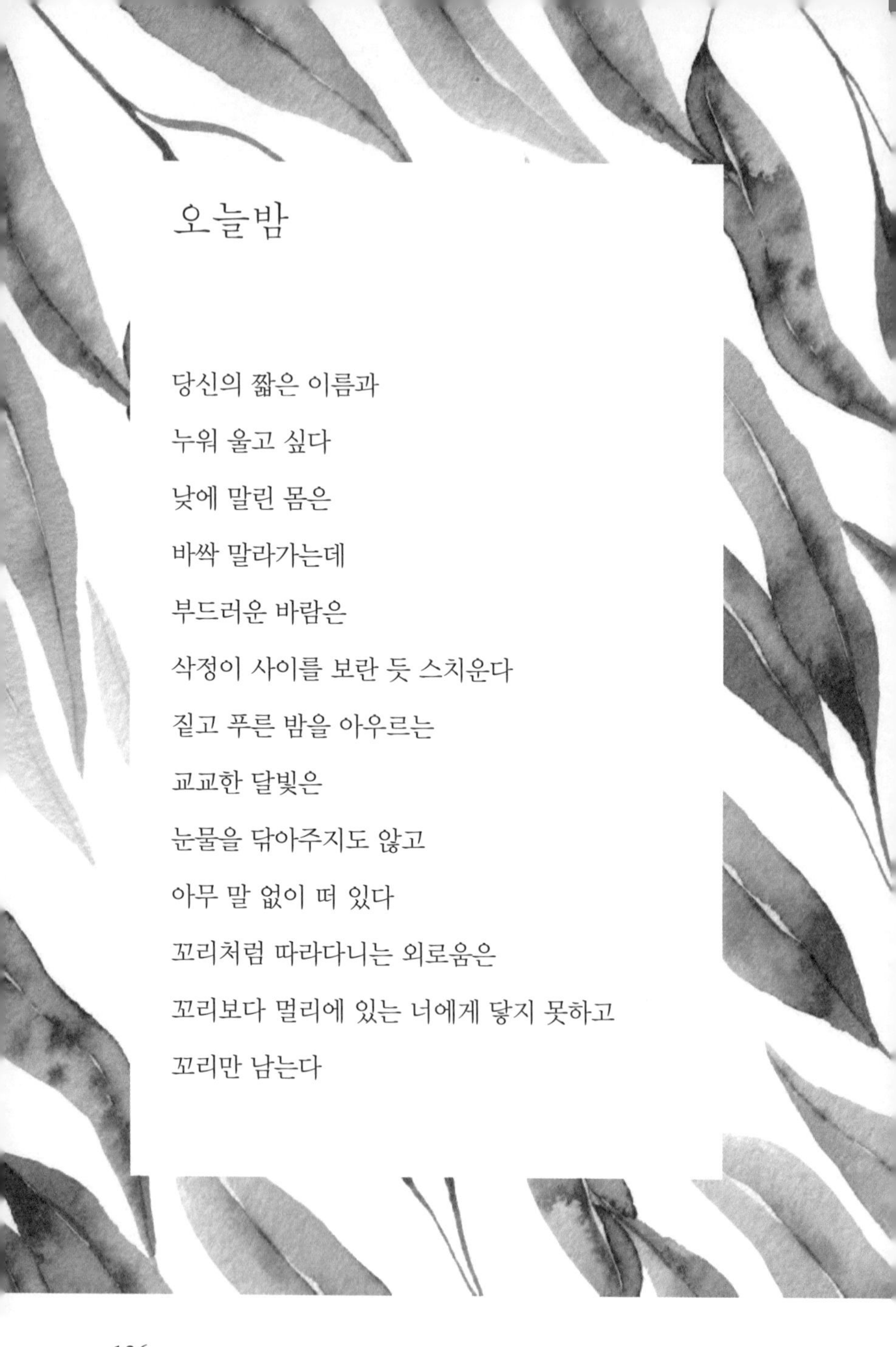

오늘밤

당신의 짧은 이름과

누워 울고 싶다

낮에 말린 몸은

바싹 말라가는데

부드러운 바람은

삭정이 사이를 보란 듯 스치운다

짙고 푸른 밤을 아우르는

교교한 달빛은

눈물을 닦아주지도 않고

아무 말 없이 떠 있다

꼬리처럼 따라다니는 외로움은

꼬리보다 멀리에 있는 너에게 닿지 못하고

꼬리만 남는다

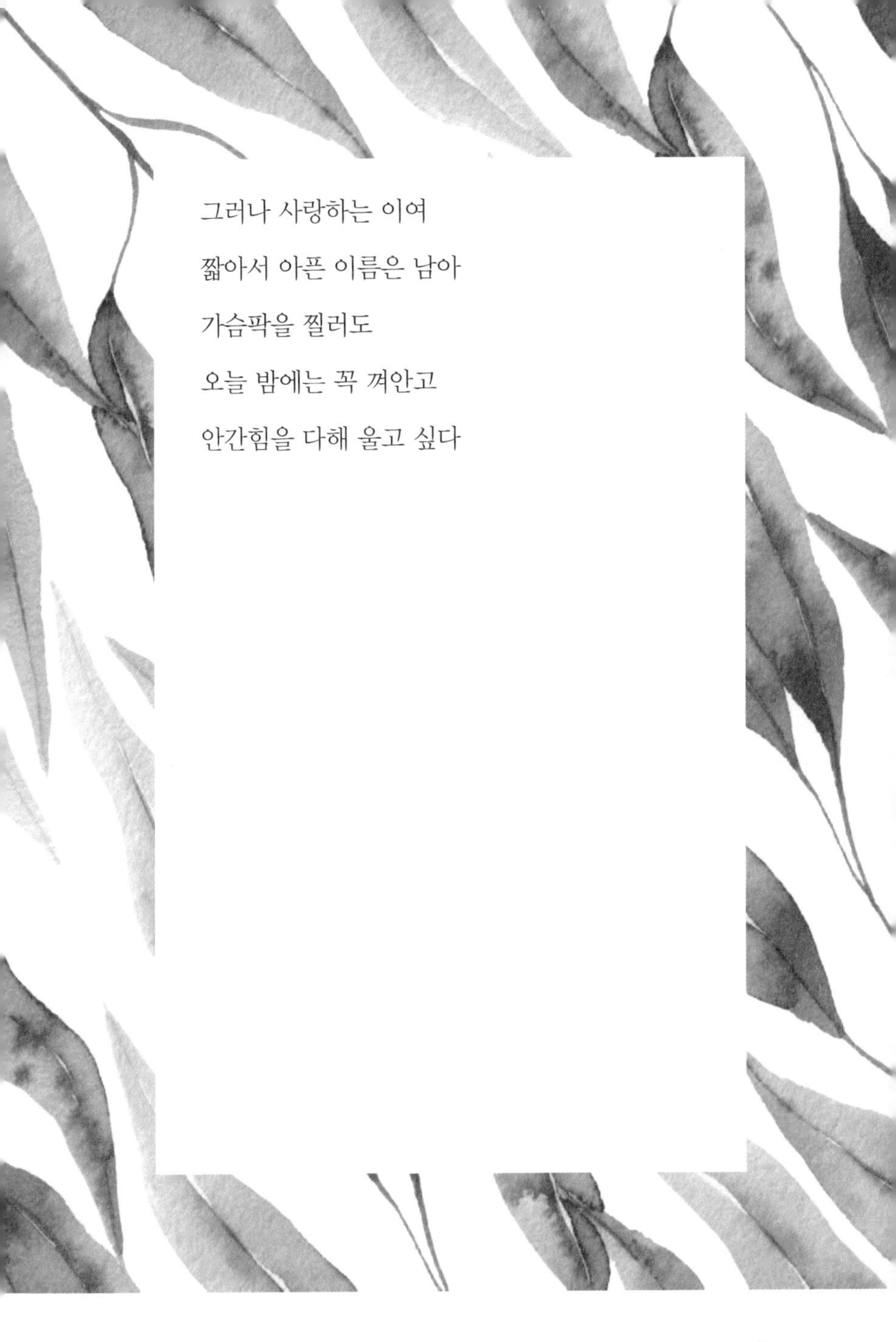

그러나 사랑하는 이여

짧아서 아픈 이름은 남아

가슴팍을 찔러도

오늘 밤에는 꼭 껴안고

안간힘을 다해 울고 싶다

피서

폭염경보에

길죽한 의자가

부용천가 한쪽에서

태평스럽다

동그랗게 초록으로 뭉쳐서

커다란 모자를 만든

벚나무 아래로

어쩜 그대로

쏟아지고 싶었나 보다

너를 기억하는 방식

뙤약볕을 피해

파라솔에 들어갔다

비구름이었다

흠뻑 젖었다

5장 고개 숙인 너에게

안부를 묻는다

탈출구는 없다

추석을 나흘 앞둔 대낮의 의정부 제일시장은 가을 단
풍처럼 소란스럽고 화려했다
계단을 따라 올라간 화장실 입구에 얼룩무늬 작업복
을 입은 중년의 남자가
계단에 앉아 혼잣말로 쌍욕을 하며 시큼한 막걸리 냄
새를 냈다
공중화장실 문을 열자 메슥한 냄새 났고 먼지가 뿌옇
게 낀 작은 창문으로 들어온 햇빛에
소변을 보는 남정네의 성기가 드러났다
휘청대는 몸을 지탱하느라 한 손은 벽에 대고 한 손은
성기를 잡고 있지만 대부분의 잔뇨는
회색 바지에 떨어졌다
그는 흐느끼고 있었고 변기에는 토사물이 그득했다
성기를 잡고 흔드는 굵고 거친 그의 손으로 맑은 눈물
이 떨어지고 있었다
연신 호객하는 장사치들의 높고 날카로운 소리와 수

런스러운 명절 장을 보러 온 손님들의 소리와 강강술
래 같은 민요가 섞여 들렸다
십여 개의 배기팬 중 두어 개가 시끄럽게 어두운 화장
실을 밖으로 실어 나르고 있었다
사내는 타일에 붙은 인력사무소 전화번호를 적는 데
한참 걸렸다

위로

낙엽에게

말해야 한다

떨어지기 전에는

누구도

위를 모른다고

서리

작고 연한 것들이

독하게 각 한 번 세우고 스러지는 것을

송구하게 본 적이 있다

야음을 타고 안개들의 반란이 시작된다

품은 꿈을 토해내기에 겨운 매서운 바람일수록 날을

세운다

윤이 나는 희디흰 발은 영롱한 물방울의 최선

어둠의 장막이 걷히면

심장을 후벼 팔 듯 부동의 자세

고유할수록 진한 선을 남기니

뜻인 듯 보여지는 매무새가 눈물겹다

꽃 같은 거 물 같은 것이 곤두섬으로 발현되는

섬뜩한 아름다움

이슬로 사라질 내력이

이렇게 부끄러울 수가 있더라

겨울숲

할 일 많은 초저녁의 해가 날카로운 미류나무 가지에 찔려
피를 흘리며 숨을 헐떡이고 있다

고독이 강물처럼 바람을 타고 혈흔이 남은 숲을 돌아다니며
나무들 사이에 남은 온기를 핥고 있다

슬픔을 들여다보려는 사람은 이미
슬픔에 포로가 된 사람들뿐이다

나뭇잎이 진 자리에 별이 나오나
겨울의 밤하늘이 맑다고 해서 별이 새롭게 태어난 것은 아니고
새로운 별이 생겨도 하늘을 맑게 하지 않고 하늘이 맑아져도
별이 더 많아지지 않고
기실 별로 인해 밤하늘이 행복해지지 않는데도
별이 있어 풍성해지는 겨울숲에 나는 가슴을 드러낸다

겨울 햇살을 받아 내던 성긴 가지들 사이로 자연스레 별들이 스며 아련해지면

슬픔이 버무려진 고독이 숲을 점령하고 나는 가운데 서 있다

고독을 숨기려 한들 마른 나무들 뿐이니

숨도 숨을 곳이 없어 허옇게 민낯을 드러내고

달그락 뼈마디 소리가 끊이지 않으니

공간의 형식을 띠고 있는 게 분명하지만 숲은 개방된다

손가락 끝에서 미소는 떠나 별로 흩어지고

표정도 얼어서 별로 지워지고 소란도 부러져 별로 널부러졌다

애초에 없었기에 비울 것도 없다는 듯

주변을 경계할 이유가 없기는 하나

누구도 제 겨울에 힘겨워 하니

나의 슬픔을 들어 줄 사람도 없어서 멀찍이 별을 볼 수밖에

말을 아끼고 마음을 닫는

할 수 있는 한 고독스러운 겨울 숲이

내게 한참 남아서 좋고 아프다

외로움에 대하여

혼자 있을 수 없다는
그 외로움을 몰랐네

내가 없는 지금
외롭지 않은지

혼자라는 것에
굳은살이 박혀
아프지 않은 것은
더한 아픔이려니

차라리
그대의 심장에 박혀
떠날 수 없는
외로움으로 남으리

혼混술 유감

어느 오월 같은 포근한 눈이
사랑이 와도 사람이 오지 않은 사람과
사람이 와도 사랑이 오지 않는 사람들이 모여 사는
골목을 쓰다듬는다

구터미널 맞은편 백악관 성인나이트에서 짝짓기에
실패한 군상들과
술 대신 주정꾼에 부대낀 대리기사들과 사연이
얼굴인 사람들이
모텔이 즐비한 뒷골목의 쥬얼리에서 들리는 옅은
웃음소리를 지나치고
뱀처럼 청춘을 삼켜버린 주름
고운 분칠로 채색하는 티파니 쇼윈도의 작부를
통과해야 만나지는
정들집 백반집으로 모여드는 축축한 새벽녘

잠자리 날개 같은 비늘도 벗고
배알도 비우고 온몸 쫙 벌린
여인네 속살 같은 고갈비에 침 바르고
시앗이 이빠이된 소주 한 잔 들이부으면
눈 내리듯 솟던 서러움 사그라든다

죽은 행운목의 상고대에 흰 눈이 상투를 틀다 제풀에
좌절할 즈음
젖은 아랫도리 마르기 전에 서둘러 문을 열며
문득 기도를 하듯 싸게 해주겠다는
비릿한 고등어 같은 말을 내뱉는
유리창 너머 버블버블 여인네가
지나는 사내의 주머니에 침을 뱉는다

옥문 같은 술잔에
넘치던 술은 바닥나고
하얀 눈이 하염없다

탄력성

해 질 녘 쓸쓸한 사람들과
넉넉히 흔들리는 갈대는
바람의 방향으로 눕는 것이
생존의 최선
누울 공간을 보라
다다를 수 있는 곳까지
누웠다가 일어서는
빈틈을 채우는 행위
휘어져 눕고 싶은 맘
저리도 곧추세워야 한다
캄캄한 밤 마주 잡을 손 없어도
풋나락 같은 은빛
무사히 흔들리다가
찬 바람 부는 새벽녘
너는 누구에게 굽어져 있다가
아침을 맞는지

잘 사는 거니

일테면
짜장면을 먹고
이빨 사이에 낀 면 쪼가리를
요지로 빼내곤 뱉는달지
산전수전에서 모듬전 시키고
서울막걸리 앞에 놓고
청하를 시킨달지

그러니까
소피를 20초에 끝내고
눈물처럼 나오는 잔뇨를
1분 동안 처리한달지
딸아이 사진을 플필로 하고
카톡으로 온 춘화를
얼른 보고는 지우지 않는달지

유리 조각에 스윽 베인 살에서

나오는 피를 보고야

아프다고 하는 거

잎

언 것들의 기억만은 아니었다
꽃보다 어여쁜 초록의 잎을
하나둘 떨어뜨리는 비바람을 피하지 못하는 자괴감을
견디는 것이 더 힘들었다
거북등처럼 갈라지는 껍질 속에 고이 간직한 소식을
힘껏 안느라 탯줄처럼 결이 생겼다
진절머리가 날 즈음 이상토록 달 표면 같은 분화구에
서 열이 났다
오다가다 주춤대며 표기를 스멀스멀 끌어올린다
설탕처럼 스며드는 지수(地水)와 누님의 분(粉) 같은
햇살의 광포한 배려를 저버릴 수 없었다
죽기 전에는 죽지 못하는 것은 따뜻한 가슴에서 손을
꺼내어 내미는 경건한 의식을 치루기 위해서이리라
어느 쪽으로 나와도 한 잎씩 소식을 파랗게 지니고 있다
빠져나오다 빠져나오다 몸집을 키우다 배꼽이 배를
안아주었다

유한한 것이 무한한 것을 위로하는 역설을 마주한다

경계를 해체하는 힘없는 것들의 반란이다

고개를 들어 하늘을 우러르는 나뭇잎을 바라보는 것을

나는 그저 좋아라 한다

고개를 숙인다는 것

외로울 때 고개를 숙인다
갈마들며
나 여기 있다 한다

힘들 때 고개를 숙인다
가팔라진 숨결
겨를 없이 고른다

내 생의 어떤 시간 앞에서
작은 울음을 토해낼 때
심장에 가까이 가기 위한 최선의 자세

익숙해질수록
더 진저리쳐지는
고독을 응시할 때

두 손을 가슴에 놓으면

그제사

괜찮다 괜찮다고 인기척을 낸다

낙화유감

빨강 우체통 옆의 배롱나무에서

연신 팔랑거리며

꽃잎이 내려앉아

우체국 계단이 다 빨갛다

옹기종기 모여있는 사연들

다정히 섞여서 있다가

가장자리로 밀려나는 꽃잎 몇 개

괜찮아 울어도 돼

죽을 정도는 아니잖아

비가 타닥타닥 내리며

빨간 꽃잎 옆에

내 발을 적시고 있다

가을은 불현듯

따뜻하게 흐르던 산을 휘도는 강물이
그윽한 소리를 내고
은근한 들국화
멈칫 부드러운 향을 낼 때

별들은 영문도 모른 채 빛날 것이다
높아진 하늘을 감당 못해
낡은 앨범을 소환하고
사장된 사연을 들쑤신다

별과 바람을 운명으로 받아들여
홀라당 태워질 나무처럼
채비 없이 맞이하는
견디기 애처로운 하루에 하루

여름의 초록을

싸그리 발라내어

가을 속에서

죽도록 태워버린다 하니

시절은 여무나

여물지 못한

시절 속의 우리들에게

가을은 재난처럼 덮친다

손만 흔들었으면서

몇몇 남은 은행잎이
갸웃갸웃 얼굴 내밀며
손을 흔들고 있습니다
가는 길 잘 가라고
나도 손을 들어봅니다

바람처럼 만나고 헤어진
많은 사람 중에
당신이 내밀던 손을
낙엽처럼 잡지 못했으면서
그저 손만 흔들었으면서

단지 한 계절이
노랗게 바래지는 것을 보았을 뿐
단지 한 사람이
노랗고 노랗게 그리움으로 남았어라

바람의 다중성

여문 바람이 도봉을 핥고 있다

입 벌려 받으라고
  내려준 쌀밥 같은 눈을
    심장 근처 어디에 묻히고
      뒤돌아선 고독에 대한 야유다
묵직한 실존의 진중함에
  비존재의 경박한 웃음이다
    삽삽이 가려진 틈을 헤매도
      돌아오는 묵언에 하소연이다

손때에 드러난 산등성이

어서 가라고 빈손을 내민 나목의

목을 비트는 체벌이다

주고도 받지 못하는 자기 싸다구다

몰래 우는 도봉을 알아채지 못하는

바람의 틱이다

데면데면 바라보는 나의 가벼움이다

6장

누구도 잘못하지 않았어

그러니 다 괜찮아

귀갓길

늦은 밤

집으로 가는 한적한 길

저쪽에서 짐승 두 마리가 다가온다

개인가 먹이를 찾아 내려온 고라니인가

길냥이면 저놈을 잡아다가 키울까

폴짝폴짝 다가오길래 보았더니

風선생이 비닐봉다리를 갖고 노닐고 있었네

캬

술 한 잔은 생명을 넣어주는 마술사구나

토닥토닥

내 안에 들어찬 낭만 옆의 슬픔을 위로하기에는 비만한 것이 없다

비에 몸을 묻히는 일은 매달리는 비의 습성 전에 온몸의 끝자락들이 달겨드는 본능이다

조붓하게 내리는 비가 발걸음을 따라붙다가 소슬바람에 힘입어 바짓가랑이를 적실라치면 어느새 소환되는 너라는 그리움

그리움과 외로움의 어느 구간에 비는 기거하다가 툭 바닥으로 떨어지는 날은 죽어라 네가 보고 싶다

비에 부딪히다 보이지 않는 멍이 들고 비의 모서리에 베이다가 보일락 말락 나를 밟고 가는 너를 보면서도

내 가차이에서 토닥토닥 튀어 오르는 빗물은 최선의 방식으로 나를 위로하는 잘 준비된 낭만

인생이

어두울 때 당신을 만나
손등을 잡을 줄 알았더라
추울 때 당신을 만나
따뜻한 게 무엇인 줄 알겠더라
앵무새는 잘 날지 못한다고
당신은 말이 없더라

맹꽁이 소리

골똘해지다 슬퍼지다가
멈칫 그러기를

글은 한낱 뜻을 지나
한여름 밤 풀잎에 내리는
맹꽁이 울음을 담아

비 내리는 새벽에 흐느끼는
맹꽁이의 울음처럼
아름답고 쓸모없기를

맑고 짙어서
비 오는 밤에도
멈추고 움직이기를

글 나부랭이는

거침없이 제껴대는

맹꽁이 울음 닮기를

아침 햇살은 잔소리를 안 한다

과음의 잔상이 망막 전체에 퍼졌으나
자고 나면 다른 세상이라고
어둠을 물리며 햇살이 깨물었다

끝이 없을 것만 같은 추락은
고집스레 넘겨버린 알콜로 잘 버무려져
아침 햇살에 닿았다

공중의 공기는 저층의 공기를 압박하지만
공평한 햇살은 집요하게 파헤치며
나는 무사히 햇살에 노출된다

이 망할 놈의 햇살이
마누라보다 낫구나

아늑하고 아득하게

걸음을 멈추었다

아직도 따라오겠지

물고기 비늘 같은

눈을 헤치고

몇 걸음 더 가서

글썽이는 눈을 돌아본다

눈물 머금은 生

섞여서 살라고

바람 부는 대로 흩날리는

눈 그리고 눈 밖의 눈

아늑한 눈송이

아득하게 따라온다

까페에서

곤한 오후가 새콤한 오전과 평등하게 지나갑니다

오후를 스치는 바람은

살아 있는 커다란 동물의 등을 미끄러지는 느낌으로

자꾸 도봉산으로 밀려듭니다

높은 파도가 포말을 품안고 바다를 가듯

수묵화를 북 찢어 갖다 놓은 듯

도봉의 까무레한 능선은

해말끔히 일렁이는 낮은 계곡을 안고

작은 골짜기를 펼쳤습니다

태양은 여전히 다사롭게 높습니다

어제와 별반 다르지 않은

볕이 잘 드는 창 넓은 창가에서

찻잔에서 피어오르는 커피 향을 모숨모숨 마시며

오만하고 깨끗한 도봉의 겨울을 봅니다
이미 흘러간 날들이 목욕을 하고
발가벗고 우뚝 섰습니다

달콤 쌉싸래한 아메리카노는
겨울의 풍경을 담았습니다

외로움을 벗어나 외로움을
한품에 휘여안는 겨울 맛입니다

바게트를 커피에 살짝 적시는 일을 천천히 합니다

봄

늘 거기에 머물러 있다

내가 보지 않을 때

가끔 가을이 오고

겨울이 오기도 했다

다만

지금 보니 봄이라 한다

커피를 내리며

자극을 주기 전에는 정숙하다
당황스럽겠지만
중력을 거부하는 믿지 못할 부력의 힘을 눈치채기까
지는
약간의 열이 필요하다
조금씩 부딪히며
깊은 산중의 샘물이 솟듯
방울방울 기포가 오른다
내부의 흥분은 외부의 타격에 의한 것일 뿐 순박한 힘
이 아니다
용소에서 흥분하여 액체를 밀어올리는 힘은
그저 강할 뿐 익지 않았다
외부의 신경을 끊고
쇠바람소리를 내는
참을 수 없는 내부의 팽창을 견뎌야 한다
소나무 숲을 지나는 바람 소리를 들으며

담배 한 가치 피우고 나면

격렬한 내적 경험을 거치며

순수하게 물이 여문다

풍부한 향을 품을 수 있는 기품을 지녔으나

이름마저 버릴 때

비로소 커피로 태어나는 순간이다

커피를 내린다

9월愛

문을 열면

시나브로 낙엽 지는 시절도 아니고

고운 물감 들고

수채화 그리기엔 간절함이 부족한 시절

어딘가로 멀어지며 어딘가로 가까워지는

안타까운 시간의 교차로에서 길을 잃었다

속이 훤히 들여다보이던 여름은 갔는데

낮은 포복으로 다가온 가을은

와락 달겨들어 울 품도 주지 않고

날마다 해만 잘라 먹는다

가을 대신에 신열을 주는

그대가 눈물겹게 원망스러워

더딘 가을은 더디고

그리운 그대는 그리워 그리워

뜨겁진 않아도 미지근하게라도

그대를 만나고 싶은 계절에

그대는 없고

높은 하늘만 의정부에 걸린다

툭 분질러진 상사화 꽃대에서

진물처럼 나오는

꽃 내 같은 9월에

눈물바다

비 오는 날 구름을 뒤집으면
울고 있는 하늘이 있다

깊게 품고 있던 하늘이 애처로워 기꺼이 공중에 놓아
준 바다
바람을 타고 돌아왔지만
너무 높이 부풀어 올라 들어갈 수 없는 하늘
모든 걸 받아주어 바다인데
너무 커버린 하늘은 서성일밖에

하늘의 빈자리를
눈물로 채운 바다는 눈물바다가 되었네
모든 하늘의 눈물은 돌고 돌아 바다로 들어오니
죽는 날까지
그저 하늘색을 담고
마르지 않는 눈물바다로 남을 뿐

비 오는 날 구름은

하늘의 눈물 눈썹

와사등의 이갈비

조름칙하나 푼더분하다

빛나던 비늘 살짜기 내빌고

푸르죽죽한 벌거숭이 속을 보인다

면바르게 뼈를 사이로 가른 곳

눈보다 흰 속살에서

눈물보다 짠 바다가 흘러

와사등에 누웠다

가스불을 만나

반지롱하게 누볐구나

누름누름 눈부시구나

너부렁넓적하니 한 줌의 이면수는

달달구리 걸쭉한 막걸리의 걸작이랴

이면수 눈깔만 한 소금

따로 같이 만나

먼 역사가 바다에서

와사등으로 왔으니

한 잔에 취하는 방식이 과거지사요

한 잔에 취하는 이유가

막걸리가 막 끌리기 때문이구나

대체로 아름다운

백발의 할머니가 양주역에서 마을버스를 탄다
줄지어 선 승객들 사이에
할아버지는 손을 휘이 저으며 맨 앞으로 길잡이를 한다
굽은 상체를 지탱하던 지팡이를 버스 바닥에 올려놓고
삭정이 같은 두 팔로 문의 손잡이를 움켜잡으며
으~이쌰
가시밭길 같은 계단을
할아버지가 엉덩이를 밀자 한쪽 발을 계단에 올리고
으~이쌰
앙감질이라도 했을 높이를
두 노인네는 기대고 밀며 오른다
으~이쌰 으~이쌰
할머니를 밀어 넣고 버스에 오른 할아버지는
숨을 고르며 할머니 옆에 앉아 가만히 손을 잡았다
어둔동고개를 넘자
노을이 버스 안을 곱게 물들였다

동트기

첫 새벽을 알리는 새소리 들으며

하얀 날개옷 빌려 입고

하늘로 오르리

밤을 지나 여명에 깨어나는

작은 빗방울을 만나면

가볍게 머리를 숙이고는

뺨에 부딪치는 신선함에 감사하리

아스라이 지는 별들에게는

빛나는 수고로움 경의를 표하고

구름 이불을 덮어주어야지

아침 햇살을 타고 내려와

찬란하게 빛나는 푸른 초목에게 입맞춤을 하리

아~

청매화 꽃망울 터지는 소리로 시작하는

소소한 일상을 맞이하리

커다란 말

조금만 더 같이 있자

조금 더 먹지 그래

조금은

세상을 크게 만드는 말

사랑을 확인시키는 말

빈틈을 채우고

가슴까지 아물리는

조금도 작지 않은 커다란 말

그늘을 바라보는
따뜻한 사람살이의 가슴앓이

유영희 시인

시는 백 사람이 한 번씩 보고 스쳐가는 시가 아니라 한 사람이 백 번을 보고 가는 시가 진정한 시다. 시는 자유로운 물결이며 자연발상自然發想이므로 모든 글 중 으뜸이라 생각한다.

어느 한 사람의 영혼이 밝고 행복하게 살 수 있도록 내면의 상처를 보듬고 치유하는 능력을 가진 시는 기술적 사고로 서술하는 단순한 문장이 아니라 영혼이 주는 내면의 푸른 떨림이다. 시는 수학자가 방정식을 풀듯 분석하고 해석해 가는 것이 아니라 시어 속에 녹아들고, 공감하고, 동조하고, 느낄 때 비로소 시가 된다.

초현실주의 추상적 시풍이 범람하는 지금 문단의 울타리 내부는 신격화된 자아의 울음소리와 흐느낌, 현실에 이입된 생각이나 감정들을 위배한 탈관념 분해시가 메타포metaphor를 이룬다. 모든 예술 장르는 시대적 배경이나 세태의 흐름을 따라 시시각각 그 면모가 과감해져 기괴하거나 가학적 또는 파괴적인 경향을 이루기도 한다.

시는 서정성이 내면의 가장 기본 바탕이 되어 마인드 맵(생각그물)을 이루어야 한다는 생각을 가지고 있다. 이미지의 가지치기가 상하지 않도록 내유외강 성찰 가득한 혜안의 시심을 가진 이찬우 시인의 첫 시집 『내 상처만큼만 사랑했더라』를 읽으며 시인이 가진 상처의 깊이를 가늠해 보았다. 늘 바라보고 사유하고 함께 아파하며 고뇌했을 투명한 눈물 같은 문장이 내게 먼저 인사를 건넨다. 시인이 노래한 사랑의 대상은 자연인 동시에 자연현상 안에 기거하는 사람살이의 이야기다. '사랑'의 눈으로 세상을 빠져나가 세상 밖 어느 별과 햇살로 빛나고 있을 시인의 아름다운 시집 두 번째 이야기가 금번 시집을 통해 다시 세간에 출생신고를 한다고 하니, 이찬우 시인의 저력과 새로운 시의 지평을 여는 시집 상재가 상당히 고무적임을 확신한다.

시를 쓰는 근본적 이유는 해결하지 못한 감정의 해소라고 볼 수 있다. 자연현상이나 자신의 생활과 사유에서 일어나는 경험들이 정신을 빠져나오는 숨소리, 시라는 문장으로 탄생할 때 우리는 더없는 희열을 느낀다. 물 한 모금으로 해소되지 않는 막힘, 갈증, 고립, 불충분, 무의미함은 '시'라는 빗방울 공간력을 통해 비로소 시원해진다.

꽃, 나무, 바람, 빗방울, 별, 산, 바다와 같은 만물이란 자연적 요소와 사람이 사람에게서 받는 슬픔과 허무, 이별과 상처, 연민을 보고 자기 안의 혼돈에 머물다 결국 사랑으로 되돌아오는 부드러운 힘을 가진 이찬우 시인의 시에서, 시인이란 자기 감정에 소심하거나 객관적이지만은 않은 사람의 의식 성장이나 정서, 생명의식, 세계관까지도 관장하는 '물아일체' 작가정신을 회복해야 함을 새겨본다.

또한, 잔잔하고 철학적 사유가 투영된 그의 시는 노랗게 익은 햇살을 보면 화폭으로 이소하는 아름다운 나비의 붓질 같기도 하고, 흐릿한 삶의 객체를 바라보는 눈빛에서 빛나는 주체가 된다. 먼저 삶의 간기가 배인 사람살이 모습을 심상적 자각과 특별한 정서로 어둡고 낮지만 순간 순간의 체온이 식지 않도록 함께 아파해 주는 가슴앓이 같은 시를 감상해 보자.

가스를 도둑질하다 들통나서
과태료를 덤으로 내고 문을 닫았다는 용현사우나
이십여 년 용현동에 산 나만큼이나 자리를 지키고 있는
새마을금고 길 건너에 있는 건물
시장통 같은 좁다란 골목을 지나면 7층
옆에서 보면 6층 뒤에서 보면 5층
조금 까다로운 위치의 6층짜리 건물의 5, 6층
어제 다시 문을 열어 오늘까지 공짜라고
미용실 아줌마의 말이 기뻐서 갔네
입구에서 활짝 웃으며 인사하는 사장님 인사에서 그늘이 느껴져
이발실 칸막이만 새로 들어서고
눈에 익은 인테리어와 벗겨진 타일
새신 가격 붙였던 테이프 자국이 그대로야
같은 동네 아주 가까운 곳에
아주 커서 수영장까지 딸린 천지연사우나가 생기고부터
잘도 버틴다 했지

공짜인데 열 명도 안 되는 탕 안의 사람들
내 나이 또래 아들의 도움을 받아 몸을 닦는
할아버지 처진 뱃살을 보니 눈물이 나
내일부터 10일간 삼천 원이라는 데 눈물이 나

-「용현사우나」 전문

인적, 물적, 시간적, 공간적 요소들이 모여 형성된 삶의 주요한 장소인 시장의 모습이 그려진다. 생산물의 거래가 이루어지면서 발전한 시장은 자꾸만 변화하고 있다.

재래시장 살리기 대안으로 지붕 아케이드 공사가 활발히 이루어지면서 오래된 건물의 슬라브 지붕도 사라진다. 명맥을 유지하는 낡은 상가 늙은 상인의 주름처럼 아직도 시장 부근에는 구식 타일을 고집하는 목욕탕을 찾는 사람들이 있다. 고층 상가 건물에 들어선 목욕탕 대신 사우나란 이름으로 치고 들어온 최신 문물을 보며 "아주 커서 수영장까지 딸린 천지연사우나/할아버지의 처진 뱃살"을 보는 것처럼 아니 눈물 흘릴 수 없다.

"내 나이 또래의 아들의 도움을 받아 몸을 닦는" 그곳에는 아직도 부자유친의 다정한 효孝 사상의 정이 남아있다. 시인은 "벗겨진 타일과/새신 가격 붙였던 테이프 자국이 그대로야" 하면서도 그곳을 떠나지 못하고 있다. 떠나면 남겨질 낯익은 것들과의 결별이 가슴 아픈 것이다. 그래서 "눈물이 나"라고 그늘을 공유하는 가슴앓이를 하는 것이다.

시인은 눈과 가슴을 열어둔다. 눈과 가슴은 간이역 역할을 한다. 그것은 낮고 높음의 경계 구분이 없는 상호간의 따스한 응시일 수도 있겠다.

사물이나 상황을 그냥 지나칠 수 없는 시인의 천성이라 볼 수 있다.

백발의 할머니가 양주역에서 마을버스를 탄다
줄지어 선 승객들 사이에
할아버지는 손을 휘이 저으며 맨 앞으로 길잡이를 한다
굽은 상체를 지탱하던 지팡이를 버스 바닥에 올려놓고
삭정이 같은 두 팔로 문의 손잡이를 움켜잡으며
으~이쌰
가시밭길 같은 계단을
할아버지가 엉덩이를 밀자 한쪽 발을 계단에 올리고
으~이쌰
앙감질이라도 했을 높이를
두 노인네는 기대고 밀며 오른다
으~이쌰 으~이쌰

할머니를 밀어 넣고 버스에 오른 할아버지는
숨을 고르며 할머니 옆에 앉아 가만히 손을 잡았다
어둔동고개를 넘자
노을이 버스 안을 곱게 물들였다

-「대체로 아름다운」 전문

삶의 생태 시간이 쌓이며 늙은 노부부는 나무가 된다. 우리 모두의 부모이거나 혹은 나 자신일 수도 있는 뼈마디 아픈 두 노인을 지켜보는 시인은 사랑으로 가득했을 생의 시작점을 떠올려 본 것이다. 어느 곳을 보아도 세상사는 사랑이고, 미움이고, 원망이며, 화해와, 용서와, 배려의 마음으로 살아가기 마련이다. 지금 세상살이가 어떠한가, 불화와 폭력으로 키워진 것들은 서로를 찌르는 흉기가 되어 사회악으로 이어진다.

"할아버지는 손을 휘이 저으며 맨 앞으로 길잡이를 한다/할머니를 밀어 넣고 버스에 오른 할아버지는/숨을 고르며 할머니 옆에 앉아 가만히 손을 잡았다"

졸혼이라는 신종어와 황혼 이혼이 생겨나는 요즘, 노부부의 모습은 그 착잡한 감정들을 일시에 소각하는 기쁨을 준다. "어둔동고개를 넘자/노을이 버스 안을 곱게 물들였다"는 그림 같은 이야기에 내 마음도 흰 구름이 되어 몽실거린다.

이처럼 시는 화려한 채색을 입지 않더라도 그림이 되고 이야기가 되고 청춘의 봄이 될 수 있는 것이다.

시의 정의에서 "시는 감촉할 수 있고 묵묵해야 한다", "시는 말이 없어야 한다", "시는 시시각각 움직이지 않아야 한다", "시는 비등해야 하며 진실을 나타내지 않는다", "시는 의미해서 안 되며 존재해야 한다"고 A. 매클리시(시학)의 말처럼 여리고 작고 낮은 곳을 소리 없이 바라보는 시인은 바라보는 자체로 시라는 향운을 부린다.

인생의 길모퉁이에 가난의 화살이 박히더라도 말이야
뜨거운 컵라면 건더기까지 꾸역꾸역 먹으면
둥글고 딱딱하게 뭉쳐 있다가 애옥한 배를 부자로 만들어 주는 것이다

-「경건한 컵라면」 부분

사랑이 와도 사람이 오지 않은 사람과
사람이 와도 사랑이 오지 않는 사람들이 모여 사는 골목을 쓰다듬는다

-「혼(混)술유감」부분

할 일 많은 초저녁의 해가 날카로운 미류나무 가지에 찔려
피를 흘리며 숨을 헐떡이고 있다

고독이 강물처럼 바람을 타고 혈흔이 남은 숲을 돌아다니며
나무들 사이에 남은 온기를 핥고 있다

슬픔을 들여다보려는 사람은 이미 슬픔에 포로가 된 사람들뿐이다

나뭇잎이 진 자리에 별이 나오나
겨울의 밤하늘이 맑다고 해서 별이 새롭게 태어난 것은 아니고
새로운 별이 생겨도 하늘을 맑게 하지 않고 하늘이 맑아져도 별이 더 많아지지 않고
기실 별로 인해 밤하늘이 행복해지지 않는데도
별이 있어 풍성해지는 겨울숲에 나는 가슴을 드러낸다
겨울 햇살을 받아 내던 성긴 가지들 사이로 자연스레

별들이 스며 아련해지면
슬픔이 버무려진 고독이 숲을 점령하고 나는 가운데 서 있다

고독을 숨기려 한들 마른 나무들 뿐이니
숨도 숨을 곳이 없어 허옇게 민낯을 드러내고
달그락 뼈마디 소리가 끊이지 않으니
공간의 형식을 띠고 있는 게 분명하지만 숲은 개방된다
손가락 끝에서 미소는 떠나 별로 흩어지고
표정도 얼어서 별로 지워지고 소란도 부러져 별로 널부러졌다

애초에 없었기에 비울 것도 없다는 듯
주변을 경계할 이유가 없기는 하나 누구도 제 겨울에 힘겨워 하니
나의 슬픔을 들어 줄 사람도 없어서 멀찍이 별을 볼 수밖에

말을 아끼고 마음을 닫는
할 수 있는 한 고독스러운 겨울 숲이
내게 한참 남아서 좋고 아프다

-「겨울숲」전문

이 시들을 보면 이찬우 시인의 사유 가득한 감응에 더 이끌리고 순응하게 된다.

사유는 생각하고 궁리하다는 뜻인데 이것은 어떤 궁핍이나 거래가 아닌 자유로운 정신에서 생겨나는 자기 안의 묻고 던지는 의문 부호 같은 것이다.

그런 반복적 순환이 따뜻한 은유의 문장을 탄생시키는 진정한 창조 정신이 아닐까.

따라서 영감의 파종은 철학으로 이어진다.

"혼混술 유감"에서, "사랑이 와도 사람이 오지 않은 사람과/사람이 와도 사랑이 오지 않는 사람들이 모여 사는 골목을 쓰다듬는다" 이 멋지고 황홀한 도치법의 응대를 어찌 다 감내하랴.

그 발원지는 시인의 계절을 추적하면 될 것이다.

내면의 통로에는 겨울이 있고, 숲이 있고, 미류나무 가지에 찔려 피를 흘리는 초저녁 해가 있다. 고독은 온기를 핥고 미소는 별로 흩어져 숲에서 개방되고, 나의 슬픔을 들어줄 사람이 없어도 별을 바라보는 시인은 슬픔에 포로가 되어도 고독을 즐기는 천상의 탯줄이 있어 행복하다. 그의 시에는 자연을 동반하여 슬픔을 해소하는 그만의 경건한 방식이 있다.

비유의 대상에게 물음을 던지는 대신 관조觀照하는 불변의 진리가 진솔한 시의 운율을 이끈다, 하지만 그가 극한 매너리즘을 습관적으로 가지고 가는 것은 아니다. 시의 다양성과 탄력적 율동을 아는 그의 반격은 때로는 아기자기하고 천진하게 순수한 이면을 돌출시키기도 한다.

또한, 보편적 투정으로 살짝 재미있게 볼멘소리도 하며, 그를 본 첫 이미지처럼 차분하고 쾌활하게 동시적 유정함을 떠오르게 하는 면도 있다.

과음의 잔상이 망막 전체에 퍼졌으나
자고 나면 다른 세상이라고
어둠을 물리며 햇살이 깨물었다

끝이 없을 것만 같은 추락은
고집스레 넘겨버린 알콜로 잘 버무려져
아침 햇살에 닿았다

공중의 공기는 저층의 공기를 압박하지만
공평한 햇살은 집요하게 파헤치며
나는 무사히 햇살에 노출된다

이 망할 놈의 햇살이

마누라보다 낫구나

-「아침 햇살은 잔소리를 안 한다」전문

바람은 핑계다
비도 핑계다
달 밝은 밤에
그저 때를 기다려
오래 가기 위해
내려놓아야 하는 잎을
은행나무는 거룩하게
도모하고 있더라
나도 몰래
질끈 눈을 감는다

-「시의적절(時宜適切)」전문

단풍은 가위를 모르지
가위바위보 놀이를 하면
보자기만 낸다
얼굴 붉히며 보자기만 낸다
네가 그랬지
그래도 이쁘기만 했지

-「가위를 모른다」전문

인간은 악기와 같다. 맑고 밝은 음색을 가진 바이올린 연주와 손가락으로 줄을 퉁겨 연주하는 하프처럼 천상의 소리를 내는 일도 마음의 파장이나 정서에 영향을 받는다. 구겨짐 없는 평상심으로 내가 아닌 주변을 돌아보면서 계절의 위대한 연주를 듣게 된다. 이찬우 시인의 시에는 금방 돋은 새싹 같은 봄이 보인다. “끝이 없을 것만 같은 추락은/고집스레 넘겨버린 알콜로 잘 버무러져/아침 햇살에 닿았다” 낮술을 즐긴다는 시인은 햇살과 닮아있다.

낮에 술을 마시는 행위는 꿈과 희망을 잃어버린 실직자로 치부되기 쉽다. 만악의 근원이라 치부하기에 그는 너무 차분하고 즐거운 정서를 가지고 있다. 그리고 햇살 아래 저층의 호흡을 잊지 않도록 “이 망할 놈의 햇살이/마누라보다 낫구나”라며 기분 좋은 투정을 한다.

바람과 비는 계절을 지나는 초목의 숙명이다. 떠나야 하는 일이 다시 살아내야 하는 불멸의 법칙임을 알면서 쉬이 놓아주지 못한다. “질끈 눈을 감는다” 바람과 비의 핑계를 알아주는 거룩한 시인이여, 당신의 연주는 방전된 향을 부리다 멸망하고 나무는 야위었다. 사람의 일도 나무의 일도 사는 법에 규약이 있다. 붉은 보자기만 내미는 단풍처럼 단순하게 산다면 머리 복잡할 일도 없으라.

그의 시적 대상은 어디든지 날아갈 수 있는 단풍열매

같은 비행을 가진 동시에 무궁한 이상향을 타인과 함께 나누는 친절함이 있다. 꽃다지, 라일락, 냉이, 벚꽃, 목련, 할미꽃을 소재로 쓴 첫 시집 『내 상처만큼만 사랑했더라』에서 보여주듯이 우주의 모든 동거인은 그가 사랑의 대상을 '생명'에 가치관을 둔다는 뚜렷한 증거이기도 하다.

갈망하다 지치고, 울고, 미치고, 잊기 위해 애쓰는 사람살이의 아픔을 '봄밤'이란 한 편의 시로 승화시킨다. 사랑 없는 삶이 지구상 어느 종족엔들 없겠는가만 그 대변인 역할을 보여준 이찬우 시인의 시에서 더욱 명징해짐을 확인한다.

추석을 나흘 앞둔 대낮의 의정부 제일시장은 가을 단풍처럼 소란스럽고 화려했다
계단을 따라 올라간 화장실 입구에 얼룩무늬 작업복을 입은 중년의 남자가
계단에 앉아 혼잣말로 쌍욕을 하며 시큼한 막걸리 냄새를 냈다
공중화장실 문을 열자 메슥한 냄새 났고 먼지가 뿌옇게 낀 작은 창문으로 들어온 햇빛에
소변을 보는 남정네의 성기가 드러났다

휘청대는 몸을 지탱하느라 한 손은 벽에 대고 한 손은
성기를 잡고 있지만 대부분의 잔뇨는
회색 바지에 떨어졌다
그는 흐느끼고 있었고 변기에는 토사물이 그득했다
성기를 잡고 흔드는 굵고 거친 그의 손으로 맑은 눈물
이 떨어지고 있었다
연신 호객하는 장사치들의 높고 날카로운 소리와 수런
스러운 명절 장을 보러 온 손님들의 소리와 강강술래
같은 민요가 섞여 들렸다
십여 개의 배기팬 중 두어 개가 시끄럽게 어두운 화장
실을 밖으로 실어 나르고 있었다
사내는 타일에 붙은 인력사무소 전화번호를 적는 데 한
참 걸렸다

-「탈출구는 없다」전문

시에는 감흥시感興詩와 감동시感動時, 감상시感賞時와 관람시觀覽時가 있다.

"휘청대는 몸을 지탱하느라 한 손은 벽에 대고 한 손은 성기를 잡고 있지만 대부분의 잔뇨는 회색 바지에 떨어졌다/그는 흐느끼고 있었고 변기에는 토사물이 그득했다/사내는 타일에 붙은 인력사무소 전화번호를 적는 데 한참 걸렸다." 사내의 행동을 지켜보는 관점으로 '관람시'라고 말하고 싶다. 일용직노동자와 실직노동자의 불투명한 미래는 고사하고, 당장에 닥친 현실의 암담하고 우울한 끼닛거리가 보이지 않는가. '배기팬'은 화장실의 메슥한 냄새들을 내뿜는 일시적인 것이지만 사내의 곤궁한 허덕임은 그 누구도 해결해 줄 수 없음을 암시하고 있다.

여러 가지 행복론이 있다. '러셀'의 『행복론』에서 그는 인간에게 불행을 가져다주는 요인으로 바이런적 불행의식, 경쟁심, 질투, 죄의식, 피해망상, 여론에 대한 공포를 들면서 이러한 요소들은 인간의 의지를 무너지게 한다고 했다.

그가 주장한 두 번째인 '경쟁심'은 인간 불행의 가장 큰 요소 중 하나인데, 사내에게서 경쟁심이나 질투의 눈빛은 기대하기 어렵다. 목구멍이 포도청인 그의 손에는 하루하루를 살아내야 할 무의미한 하루만 있을 뿐이다. 문득 일과 놀이에 대하여 이야기하고 싶다.

일개미로 산 사람은 놀이를 모른다. 일만 하는 하루가 평생이 되어 스러진 인생 아리랑에 노동요가 흐른다. '취미생활'은 꿈일 뿐인 그늘진 삶의 조명은 누가 밝힐 것인가.

그에게는 고단한 몸을 누일 공간이나 평온한 가족의 밥상머리 수저 소리도 현실과 동떨어진 아득함인데, '함께'

라는 다정한 말, 명절을 앞두고 토닥토닥 살아온 거주지인 의정부 시장에서 탈출구 없는 그 쓸쓸한 잔상을 어루만지는 시인은 작지만 '희망'이란 메시지를 던지고 싶은 것이다.

바다를 잃는 순간
숨을 끊는 멸치
그물 속에서는 영위할 수 없는
전부보다 소중한 하나
멸치육수에는 자유가 있다
온몸으로 바다를 간직한
멸치가 품어놓은 바다

–「멸치육수」전문

꿈을 꾸고 나서 아무것도 아닌 꿈이 있고, 오래오래 되짚어 기억을 흔들어대는 꿈이 있듯이 시의 형태도 여러 가지가 있다. "멸치육수에는 자유가 있다"에서 멸치의 영혼이 내생으로 환승하는 꿈의 실현을 지켜보게 된다. 바다를 잃어도 상실하지 않는 생의 감각이 또 다른 바다란 자유의 영역에서 뛰어놀게 한다.

아름다움은 아름다울 때 아름답고, 진실은 진실할 때

진실한 것이다. 꿈은 현실을 불러주고, 과거를 불러 현실을 펼쳐주고, 미래를 바라보게 해준다. 꿈을 가진 인간의 상상에는 한계가 없다. 시인의 영혼 안에 있는 영원한 원천이자 어떤 불평등도 없는 동일한 삶의 거주인인 '용현 사우나' 주인과 '경건한 컵라면'을 먹는 그녀와, '양주역에서 마을버스를 타는 노부부'의 모습이나, '탈출구가 보이지 않는 인력사무소 번호를 적는 사내'나, '부용천 갈대'와 '겨울숲'을 따뜻이 여기는 '자신'을 동일시하는 모습에서 온전한 인간미를 느낀다.

아무리 강조해도 무리가 없을 영혼이 꿈꾸는 시는 순수한 희망의 노래이다. 맑고 예리하고 냉철한 시선으로 인생이란 편린을 그려내는 이찬우 시인의 시력이 더욱 빛나기를 예견한다.

'행복에너지'의 **해피 대한민국** 프로젝트!

〈모교 책 보내기 운동〉

대한민국의 뿌리, 대한민국의 미래 **청소년·청년**들에게 **책**을 보내주세요.

많은 학교의 도서관이 가난해지고 있습니다. 그만큼 많은 학생들의 마음 또한 가난해지고 있습니다. 학교 도서관에는 색이 바래고 찢어진 책들이 나뒹굽니다. 더럽고 먼지만 앉은 책을 과연 누가 읽고 싶어 할까요? 게임과 스마트폰에 중독된 초·중고생들. 입시의 문턱 앞에서 문제집에만 매달리는 고등학생들. 험난한 취업 준비에 책 읽을 시간조차 없는 대학생들. 아무런 꿈도 없이 정해진 길을 따라서만 가는 젊은이들이 과연 대한민국을 이끌 수 있을까요?

한 권의 책은 한 사람의 인생을 바꾸는 힘을 가지고 있습니다. 한 사람의 인생이 바뀌면 한 나라의 국운이 바뀝니다. **저희 행복에너지에서는 베스트셀러와 각종 기관에서 우수도서로 선정된 도서를 중심으로 〈모교 책 보내기 운동〉을 펼치고 있습니다.** 대한민국의 미래, 젊은이들에게 좋은 책을 보내주십시오. 독자 여러분의 자랑스러운 모교에 보내진 한 권의 책은 더 크게 성장할 대한민국의 발판이 될 것입니다.

도서출판 행복에너지를 성원해주시는 독자 여러분의 많은 관심과 참여 부탁드리겠습니다.

도서출판 **행복에너지** 임직원 일동